NOUVELLE THÉORIE

SUR

LES MACHINES A VAPEUR

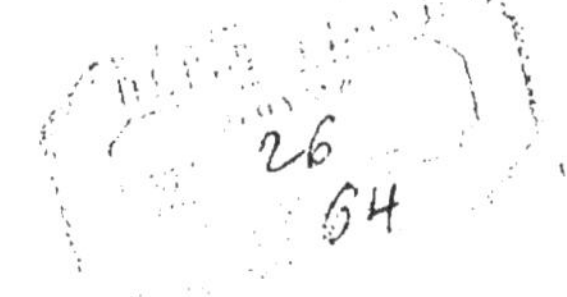

Tout exemplaire du présent ouvrage qui ne porterait pas, comme ci-dessous, la signature de l'auteur, sera réputé contrefait. Les mesures nécessaires seront prises pour atteindre, conformément à la loi, les fabricants et les débitants de ces exemplaires.

NOUVELLE THÉORIE

SUR LES

MACHINES A VAPEUR

La pression atmosphérique
Sur le piston des machines à vapeur est illusoire.
Détermination de la contrepression de la vapeur sur le piston de ces machines.
Nouvelle méthode de condensation économique de la vapeur

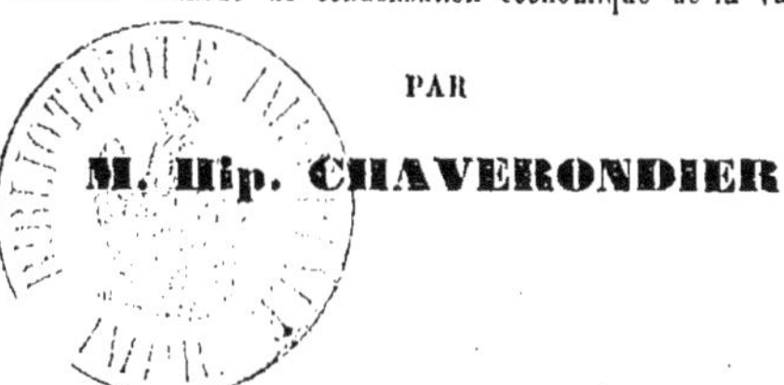

PAR

M. Hip. CHAVERONDIER

ROANNE
IMPRIMERIE SAUZON, RUE IMPÉRIALE, 70.
1864

INTRODUCTION

Notre but, en publiant cette *Nouvelle Théorie sur les machines à vapeur*, n'a certes pas besoin d'être expliqué; l'imperfection des méthodes actuelles est assez connue pour motiver notre travail sur ce sujet.

Néanmoins, nous ne suivrons pas les ingénieurs qui ont abandonné radicalement l'ancienne théorie pour se jeter dans une voie toute nouvelle. L'équivalent mécanique de la chaleur a soulevé des critiques trop justifiées par le désaccord même des différents auteurs qui ont étudié cette question, pour qu'il soit nécessaire d'entrer dans des explications à cet égard.

Si l'ancienne théorie est imparfaite, tous nos efforts doivent tendre à faire disparaître les erreurs qui ont pu s'y glisser, et à combler les lacunes qui existent; mais nous ne devons point mépriser et rejeter aveuglément les travaux de tant de savants qui se sont occupés avec sollicitude de cette question importante.

Dans le calcul sur l'effet dynamique des machines à vapeur, on fait généralement usage d'un coefficient numérique par lequel on multiplie la quantité de travail théorique déterminée par les règles en usage, afin d'obtenir la force réelle que peut transmettre une machine à vapeur.

Ce coefficient, variable selon l'état et l'entretien plus ou moins parfaits des machines à vapeur, comme aussi selon la force qu'elles peuvent transmettre, et en même temps selon le genre d'application de la vapeur, est attribué aux fuites de vapeur, à la condensation qui a lieu dans le cylindre, et enfin aux frottements de toutes les pièces mobiles du système. Toutes ces causes, il faut bien le reconnaître, exercent une très-grande influence sur la différence des résultats entre la quantité de travail fournie par la vapeur et celle dont la machine est capable ; mais il est complètement inexact d'attribuer à ces causes seules le déchet de force motrice qui a nécessité ce coefficient.

Une première cause d'erreur, c'est d'admettre, dans l'expression de l'effet dynamique, la tension de la vapeur dans le générateur, au lieu de la tension de la vapeur dans le cylindre, tension qui est toujours sensiblement inférieure à la première.

Nous avons fait disparaître cette erreur, en substituant dans tous nos calculs la tension de la vapeur dans le cylindre à la tension de la vapeur dans le générateur, tension que nous avons déterminée en nous appuyant sur des faits exacts et rigoureux.

Une deuxième cause de déficit qu'on a négligé de prendre en considération jusqu'à ce jour, réside dans la contrepression de la vapeur sur le piston de ces machines.

Tous les ingénieurs et tous les constructeurs sont d'un accord unanime pour donner à l'orifice de sortie de la vapeur la plus grande dimension possible. Ainsi, ils reconnaissent et il est bien constant que la vapeur, après avoir agi sur le piston d'une machine, est un obstacle réel à son mouvement. La contrepression de la vapeur sur le piston est donc une cause de déficit entièrement négligée ; mais alors pourquoi, dans les machines à vapeur sans condensation, ne prend-on pas en considération cet obstacle au mouvement du piston ? Cependant, pour les machines à vapeur à condensation, on fait entrer dans les éléments du calcul la faible tension de la vapeur dans le condenseur, et on néglige, dans les machines à vapeur sans condensation, la tension de la vapeur qui s'échappe à l'air extérieur, tension qui oppose une résistance considérable au mouvement du piston.

Nous souhaitons bien vivement d'avoir réussi à combler cette lacune d'une manière satisfaisante.

Nous avons également fait disparaître de la théorie de ces machines une erreur capitale qui s'y était glissée dès l'origine et qui avait été acceptée jusqu'ici par tous les savants.

Cette erreur, c'est d'admettre que la face du piston opposée à l'action de la vapeur, face qui est en communication avec l'air extérieur par les orifices qui sont alors ouverts, est repoussée en sens contraire du mouvement, avec une force de 10333 kilogrammes par mètre carré de surface.

Cette supposition est entièrement gratuite, c'est tout simplement une erreur; ce qui revient à dire que la pression atmosphérique sur le piston des machines à vapeur est illusoire.

Nous traiterons les trois questions précitées avec toute l'importance qu'elles méritent.

Avant d'arriver aux formules relatives à l'effet dynamique des machines à vapeur, nous ferons connaître: 1° le nombre d'unités de chaleur développées dans la combustion d'un kilogramme des divers combustibles en usage; 2° la quantité de chaleur contenue dans un poids donné de vapeur à une température déterminée; 3° le nombre de kilogrammes de tel combustible à brûler pour obtenir un poids donné de vapeur.

Nous entrerons ensuite dans quelques détails: 1° sur la force élastique de la vapeur et sur sa température; 2° sur le poids d'un volume connu de vapeur; 3° sur le volume d'un poids donné de vapeur à une pression et une température connues.

Nous donnerons enfin sur la condensation de la vapeur les développements indispensables; puis nous ferons connaître le poids de vapeur nécessaire pour élever un volume d'eau donné à une température voulue.

La détermination de l'effet dynamique des machines à vapeur étant le but essentiel et principal de cet ouvrage, nous avons consacré à ce chapitre le résultat de nos observations et des études que nous avons faites sur ces machines.

Nous dirons ici que, dans l'étude des machines à vapeur, il ne suffit pas de rechercher les éléments qui ont une action plus ou moins directe dans le travail du moteur, mais encore ceux qui tendent à le diminuer ; car ce n'est que par ce moyen que l'on peut parvenir à corriger les imperfections du système. En effet, si l'on ignore le siége du mal, comment pourrait-on y remédier?

Persuadé de cette vérité, nous avons divisé les résistances passives en plusieurs catégories, en attribuant à chaque élément destructeur de la force motrice la partie du travail qu'il détournait en pure perte. C'est ainsi que nous avons classé et estimé séparément : 1° la différence de tension qui existe entre la vapeur du générateur et celle contenue dans le cylindre ; 2° les résistances engendrées par les frottements ; 3° la contrepression de la vapeur sur le piston ; 4° les espaces nuisibles, les fuites de vapeur et la condensation qui a lieu dans le cylindre.

Pour terminer, nous avons fait connaître la découverte que nous avons faite sur la condensation de la vapeur. Cette nouvelle méthode de condenser la vapeur apportera une économie importante dans la consommation d'eau et de combustible dépensés par les machines à vapeur à condensation.

Comme complément, nous avons ajouté une table des logarithmes hyperboliques, calculée par M. de Prony, table indispensable au calcul de l'effet dynamique des machines à vapeur.

DÉFINITIONS PRÉLIMINAIRES

Gravité.

§ Ier. « Tous les corps, dans la nature, sont sollicités par la pesanteur ou gravitation universelle. En ne considérant l'action de la gravitation universelle que sur les corps terrestres, c'est-à-dire dans une très-petite étendue de l'espace, on lui donne le nom de gravité, et on regarde son intensité comme n'éprouvant pas, dans cette limite, et dans un même endroit du globe, une variation sensible. La gravité présente en effet dans un même lieu tous les caractères d'une force motrice constante (1). »

« g, ou la gravité, représente les vitesses que la force accélératrice imprime aux mobiles pendant l'unité de temps ; g est donc un espace, une longueur. Des expériences faites avec un soin extrême à l'Observatoire de Paris, au moyen des oscillations du pendule, ont donné $g = 9^m,808672$ pour la vitesse que la pesanteur imprime à un corps pendant la première seconde de sa chute dans le vide ; mais cette valeur dépendant de l'attraction terrestre et de la force centrifuge, varie avec elles.

Elle est au pôle $g = 9^m,805472\ (1 + 0,002837)$
à l'équateur $g = 9^m,805472\ (1 - 0,002837)$

Et en un lieu quelconque, au niveau des mers, à la latitude λ, l'aplatissement de la terre étant $\frac{1}{290}$, on a

$$g = 9^m,805472\ (1 - 0,002837 \cos 2\lambda)\ (2). »$$

(1) Benoît. — (2) T. Richard.

Malgré ces variations, nous ferons constamment $g = 9^m,8088$; cette lettre n'aura pas ici d'autre signification.

Unité de mesure.

Les dimensions linéaires et les chemins parcourus par les points d'application des forces seront exprimés en mètres, que par abréviation nous écrirons m. Les surfaces seront exprimées en mètres carrés, que nous écrirons m^2. Enfin les volumes seront exprimés en mètres cubes, m^3.

Unité de force.

L'unité de force sera le kilogrammètre, représentant un poids d'un kilogramme élevé à un mètre de hauteur dans l'unité de temps.

Unité de temps.

L'unité de temps est invariablement la seconde.

Rapport du diamètre à la circonférence.

Le rapport du diamètre à la circonférence 3,14159 sera constamment désigné par la lettre π.

MACHINES A VAPEUR

Classification des divers genres de machines à vapeur en usage.

§ II. Cette classification ne comprend nullement les divers systèmes de construction des machines à vapeur, nous n'avons pas à nous en occuper, mais seulement les différents moyens d'action de la vapeur dans ces machines.

Ainsi nous aurons à examiner :

1° Les machines à vapeur à haute pression, sans détente ni condensation ;

2° Les machines à vapeur à détente, mais sans condensation ;

3° Les machines à vapeur à basse pression ;

4° Les machines à vapeur à détente et à condensation.

Machines en général

§ III. « Les machines sont des agents matériels inertes, destinés à transmettre le travail d'un moteur à des outils ou opérateurs. Les machines ne peuvent donc ni augmenter, ni diminuer le travail qu'elles reçoivent du moteur ; car le travail est une quantité qui, une fois née, ne peut plus s'éteindre que dans un ouvrage fait, et dès qu'un kilogrammètre aura été développé, il ne rentrera dans le néant qu'à la condition de produire un travail utile ou nuisible, destructeur ou indifférent d'ailleurs, mais toujours équivalent à lui-même. Mal conçues, elles égarent le travail moteur, et, au lieu de le transmettre tout entier à l'outil, elles le détournent en le distribuant sur des points qui devraient rester fixes. Parfois même, elles rendent ce travail destructeur, elles l'emploient à user leurs propres organes, à les fléchir, à les faire vibrer, à secouer leurs appuis, à disjoindre leurs assemblages, à ébranler le sol et jusqu'aux murailles de l'atelier.

» Mais de même qu'elles ne peuvent augmenter en rien le travail moteur, il n'est pas en leur puissance de le diminuer, et lorsque le calcul sait le poursuivre jusque dans ses dernières transformations, le travail dépensé sur une machine se retrouve tout entier dans la mesure des effets qu'il a produits.

» Afin de diminuer autant que possible les résistances passives, on doit s'attacher à rendre les organes de la machine plus raides, moins flexibles, moins extensibles, moins compressibles; que leur forme, en un mot, soit plus invariable. Il convient donc non-seulement que les machines reposent sur des fondations inébranlables et raides, mais encore que les parties fixes et mobiles du système reçoivent des dimensions bien supérieures à celles qu'exigerait rigoureusement leur résistance aux efforts qu'elles pourraient subir sans se rompre; supérieures même à celles que l'on pourrait déduire de la théorie sur la résistance des matériaux. Car, encore une fois, toute flexion, toute vibration, tout ébranlement, tout mouvement, en un mot, absorbe du travail. C'est donc la raideur encore plus que la force qu'il faut avoir en vue dans la recherche des formes et des positions à donner aux supports et aux organes des machines, et la pratique, l'observation, l'expérience, l'étude des constructions existantes sont encore aujourd'hui des guides beaucoup plus sûrs que les considérations théoriques dans ce genre de recherches (1). »

(1) T. Richard.

NOUVELLE THÉORIE

SUR LES

MACHINES A VAPEUR

NOTIONS PRÉLIMINAIRES

SUR LES PROPRIÉTÉS DE LA CHALEUR ET DE LA VAPEUR

Définition de l'unité de chaleur.

§ IV. Pour comparer les quantités de chaleur entre elles, M. Clément prend pour unité la quantité de chaleur nécessaire pour élever d'un degré du thermomètre centigrade la température d'un kilogramme d'eau, et il nomme cette unité *calorie*. Ainsi, pour trouver le nombre de calories contenues dans un poids d'eau à une température connue, il suffit de multiplier ce poids d'eau par sa température exprimée en degrés du thermomètre centigrade.

Quel serait, par exemple, le nombre de calories contenues dans 1200 kilogrammes d'eau à 120 degrés ?

Nous aurons :

$$1200^{k} \times 120^{d} = 144000 \text{ calories.}$$

Quantité de chaleur développée par divers combustibles le plus fréquemment employés dans les arts et l'industrie.

§ V. La table suivante donne les quantités de chaleur développée et de glace fondue par la combustion d'un kilogramme des divers combustibles en usage.

ESPÈCE DE COMBUSTIBLE	PAR LA COMBUSTION d'un KILOGRAMME — POIDS DE GLACE fondue	PAR LA COMBUSTION d'un KILOGRAMME — NOMBRE DE CALORIES développées	OBSERVATIONS
Hydrogène	295. »	22125.	
Charbon de bois sec ou distillé.	94. »	7050.	Quelle que soit l'espèce de bois.
Charbon de bois ordinaire . .	80. »	6000.	Contenant 0,20 d'eau.
Coke pur.	94. »	7050.	
Houille de 1re qualité . . .	94. »	7050.	Contenant 0,02 de cendres.
Houille de 2e qualité . . .	84. 60	6345.	id. 0,10 id.
Houille de 3e qualité . . .	76. 10	5932.	id. 0,20 id.
Anthracite de 1re qualité . .	71. »	5320.	
Anthracite de 2e qualité . .	56. »	4200.	
Bois séché au feu	48. 88	3666.	Quelle que soit l'espèce contenant 0,52 de charbon.
Bois séché à l'air	38. 41	2945.	Contenant 0,20 d'eau.
Tourbe de 1re qualité . . .	40. »	3000.	Tourbes de Beauvais.
Tourbe ordinaire	20. »	1500.	id.

Les nombres de calories donnés dans ce tableau ne peuvent s'appliquer aux cas usuels de la pratique ; nous devons même, pour n'être pas induits en erreur, diminuer de moitié, dans nos calculs, le nombre de calories développées par chaque combustible. Car il résulte d'un grand nombre d'expériences exactes, que la chaleur perdue dans les appareils employés à la formation de la vapeur est généralement les 0,35 à 0,45 de la quantité de chaleur développée par les combustibles.

Quantité de chaleur contenue dans un kilogramme de vapeur à différentes températures et tensions.

§ VI. « Lorsque de l'eau pure et liquide est placée dans un vase ouvert sur un foyer et soumise seulement à la pression atmosphérique, on remarque que le thermomètre qu'on y plonge ne dépasse jamais 100 degrés. Une fois arrivée au point d'ébullition, la chaleur qui passe du foyer au liquide est absorbée par le changement d'état du liquide qui se transformera en vapeurs : elle est entièrement employée à le gazéifier. Si le thermomètre est placé dans la vapeur qui se dégage, il ne marque encore que 100 degrés.

» Cette quantité de chaleur ainsi accumulée dans la vapeur d'eau formée sous la pression barométrique 0,76 et qui est insensible au thermomètre, est la *chaleur latente* de la vapeur d'eau.

» Mais si le thermomètre n'indique point cette chaleur additionnelle, il n'est pas pour cela impossible de la rendre sensible, et, par conséquent, de la mesurer. En effet, si l'on fait passer un kilogramme de vapeur à 100 degrés à travers $5^k,50$ d'eau liquide à zéro, on obtient $6^k,50$ d'eau à 100 degrés ; ce kilogramme de vapeur aurait élevé de même, en abandonnant sa seule chaleur latente, 550 kilog. d'eau de 1°, ou enfin développé 550 calories (1). »

La chaleur latente qui serait nécessaire pour constituer l'eau à l'état de vapeur est donc égale à 550 calories par kilogramme de vapeur. Mais comme un kilogramme de vapeur à 100 degrés élève de zéro à 100 degrés la température de $5^k,50$ d'eau, il s'ensuit qu'il contient :

$$100 + 550 = 650 \text{ calories.}$$

Il en résulte qu'en dehors des 550 calories de chaleur latente, ce

(1) T. Richard.

kilogramme de vapeur contient aussi 100 calories de chaleur sensible, qui est celle qui correspond au nombre de degrés indiqués par le thermomètre.

Quantité de chaleur nécessaire pour former un poids déterminé de vapeur.

§ VII. Nous désignerons par φ le poids d'eau d'une température t à convertir en vapeur à la température T, et par C le nombre de calories que peut développer un kilogramme du combustible qu'on se propose d'employer.

D'après ce qui précède, il est facile de voir que, si l'on veut transformer un poids d'eau en vapeur, le nombre de calories à y introduire sera, par chaque kilogramme, de 550 pour la chaleur latente, et de T — t pour la chaleur sensible; de sorte que nous obtiendrons le nombre de calories nécessaires par

$$C = \varphi\,(550 + T - t).$$

Quel serait le nombre de calories nécessaires pour transformer en vapeur à 125 degrés un poids d'eau à 15 degrés, de 6 kilogrammes ? La formule donnera :

$$C = 6^{k}\,(550 + 125^{\circ} - 15^{\circ}) = 3960 \text{ calories.}$$

Nombre de kilogrammes de combustible à brûler pour obtenir un poids déterminé de vapeur.

§ VIII. Si nous désignons par K le nombre de kilogrammes du combustible à brûler, par ψ le poids de vapeur à obtenir, et par χ le coefficient de réduction applicable au fourneau plus ou moins parfait dans lequel doit s'opérer la combustion, nous aurons :

$$K = \frac{\psi\,(550 + T - t)}{\chi\,C}$$

Si nous nous proposons d'obtenir 6 kilogrammes de vapeur à 125 degrés avec de l'eau à 15 degrés, quel serait le nombre de kilogrammes de bonne houille à brûler ?

En consultant le tableau précité, nous trouverons que la houille de première qualité développe, en brûlant, 7050 calories; mais le fourneau qui doit nous servir à cet effet ne pouvant recueillir que les 0,56 du nombre de calories développées par le combustible, nous aurons :

$$K = \frac{6^k\ (550 + 125^\circ - 15^\circ)}{0.56 \times 7050} = 1 \text{ kilogramme.}$$

Quantité de chaleur contenue dans un poids donné de vapeur.

§ IX. La quantité de chaleur C contenue dans un poids donné ψ de vapeur à la température T est :

$$C = (550 + T)\,\psi.$$

Ainsi le nombre d'unités de chaleur contenues dans 6 kilogrammes de vapeur à 125 degrés sera :

$$C = (550 + 125^\circ)\ 6 = 4050 \text{ calories.}$$

Quantité d'eau nécessaire pour opérer la condensation d'un poids déterminé de vapeur.

§ X. Le poids d'eau φ à la température t qu'il faut injecter dans le condenseur pour opérer la condensation d'un poids ψ de vapeur à la température T pour que le mélange soit à la température t', est donné par la formule

$$\varphi = \frac{\psi\ (550 + T - t')}{t' - t}$$

Ainsi, veut-on savoir le poids d'eau à 15 degrés nécessaire à la condensation de 6 kilogrammes de vapeur à 100 degrés, en supposant que le mélange doive rester à 40 degrés? Nous aurons :

$$\varphi = \frac{6^k\ (550 + 100^\circ - 40^\circ)}{(40^\circ - 15^\circ)} = 146^k{,}4$$

Quantité de vapeur nécessaire pour élever un volume d'eau donné à une température déterminée.

§ XI. Le poids de vapeur ψ à la température T qu'il faut condenser dans un poids φ d'eau à la température t pour que le mélange soit à une température t', est donné par la formule

$$\psi = \frac{\varphi\,(t' - t)}{(550 + T - t')}$$

Ainsi, le poids de vapeur à 100 degrés qu'il faut condenser dans $146^k,4$ d'eau à 15 degrés pour que le mélange soit à 40 degrés est :

$$\psi = \frac{146^k,4\,(40^\circ - 15^\circ)}{(550 + 100^\circ - 40^\circ)} = 6 \text{ kilogrammes.}$$

Relations entre la densité, la température et la force élastique des gaz.

§ XII. 1° Si un poids déterminé d'un gaz permanent quelconque est renfermé dans un vase, la pression qu'il exercera sur l'unité de surface variera en raison inverse du volume qu'il occupera, ou, en d'autres termes, sa force élastique sera proportionnelle à sa densité.

2° Tous les gaz, suivant l'annuaire, se dilatant de $\frac{1}{267} = 0{,}00375$ pour un degré du thermomètre centigrade, si l'on fait varier la température d'un gaz en maintenant sa tension au même degré, il se dilatera de telle sorte que les augmentations de volume seront proportionnelles aux accroissements de température. Ainsi le volume pris pour unité à la température zéro sera $1 + 0{,}00375\ T$, à la température T, degrés du thermomètre centigrade.

Ces données fournissent le moyen de calculer le volume et la densité des gaz sous une pression et une température déterminées.

Si V' est le volume d'un gaz ;

d' sa densité, ou le poids du mètre cube à la température T' et sous la pression p', déterminées par expérience ;

V et d étant le volume et la densité du même gaz à une température T et une pression p d'une valeur différente de celle qui précède, nous aurons :

$$d = \frac{(1 + 0.00375\ T'\ d') \div p'}{(1 + 0.00375\ T)}\ p.$$

Par expérience, on a découvert qu'à la température de 100 degrés centigrades et sous la pression atmosphérique de $1^k,033$ par centimètre carré, la densité de la vapeur d'eau était de $0^k,5913$; de telle sorte que $T' = 100^d$; $p' = 1^k,033$; et $d' = 0^k,5913$. Ainsi

$$d = \frac{(1 + 0.00375 \times 100^\circ \times 0^k,5913) \div 1^k,033}{(1 + 0.00375\ T)}\ p =$$

$$= \frac{0.7871\ p}{(1 + 0.00375\ T)}$$

Qu'il s'agisse, par exemple, de trouver la densité de la vapeur à $121^\circ,4$ de température et sous la pression de $2^k,066$, il viendra

$$d = \frac{0.7871 \times 2^k,066}{(1 + 0.00375 \times 121^\circ,4} = 1^k,1174.$$

La relation précédente nous fournira encore le moyen d'obtenir le poids d'un volume donné de vapeur et le volume d'un poids connu de vapeur à une pression et une température déterminées.

Nous aurons donc successivement :

$$d = \frac{\psi}{V}\ ; \qquad \psi = d\ V\ ;$$

$$\text{et} = V\ \frac{\psi}{d} = \frac{\left(\frac{1}{d}\right)}{\left(\frac{1 + 0.00375\ T}{p'}\right)}\ \psi\ \frac{1 + 0.00375\ T}{p} =$$

$$= 1.2706236\ \psi\ \frac{1 + 0.00375\ T}{p}$$

Si nous cherchons le poids de $10^{m3},1472$ de vapeur d'une densité de $0^k,5913$, nous aurons :

$$\psi = 10^{m3},1472 \times 0^k,5913 = 6 \text{ kilogrammes.}$$

Si, au contraire, c'est le volume de 6 kilogrammes de vapeur à 100 degrés et d'une pression de $1^k,033$ que nous cherchons, il viendra :

$$V = 1.2706236 \times 6^k \frac{1 + 0.00375 \times 100^\circ}{1^k,033} =$$

$$= \frac{6^k}{0^k,5913} = 10^{m3},1472.$$

Relation entre la tension et la température de la vapeur.

§ XIII. Lorsque la vapeur est en communication continuelle avec la chaudière qui la produit, il s'établit, entre sa température et sa tension, une relation qui, d'après les expériences de MM. Arago et Dulong, est :

$$\tau = \frac{\sqrt[5]{f} - 1}{0.7153}\ ;\ \text{d'où } f = \left\{ 1 + 0.7153\ \tau \right\}^5$$

formule dans laquelle f représente la tension ou force élastique de la vapeur exprimée en atmosphères de $0^m,76$ de mercure, et τ l'excès de la température de la vapeur sur 100 degrés, exprimé en fractions de la température 100 degrés prise pour unité.

De la formule précédente on a tiré la relation :

$$p = 1^k,033\ (0.2847 + 0.007153\ T)^5,$$

qui donnera la pression par centimètre carré en fonction de la température centigrade et réciproquement.

Si nous cherchons la pression de la vapeur à $121^\circ,4$, nous aurons :

$$p = 1^k,033\ (0.2847 + 0.007153 \times 121^\circ,4)^5 = 2^k,105,$$

au lieu de $2^k,066$ que donne l'expérience.

§ XIV. Les résultats consignés dans la table suivante ont été obtenus par MM. Dulong, Arago, Gay-Lussac, Tregold, Dalton, etc., soit à l'aide d'expériences directes, soit par le calcul.

Table de la force élastique, de la température, de la densité et du volume de la vapeur, depuis la plus faible tension jusqu'à 1000 atmosphères.

ÉLASTICITÉ DE LA VAPEUR en prenant LA PRESSION de l'atmosphère POUR UNITÉ	COLONNE DE MERCURE A 0 DEGRÉ qui mesure L'ÉLASTICITÉ	TEMPÉRATURE correspondante donnée par le thermomètre centigrade A MERCURE	PRESSION sur un MÈTRE CARRÉ de surface en KILOGRAMMES	DENSITÉ correspondante ou poids du MÈTRE CUBE	VOLUME d'un KILOGRAMME de vapeur en MÈTRE CUBE
0.00171	0.0013	— 20°.0	18.	0.0015	666.667
0.0025	0.0019	— 15.0	26.	0.0022	454.336
0.0034	0.0026	— 10.0	29.	0.0029	344.828
0.0047	0.0036	— 5.0	50.	0.0040	250.000
0.0066	0.0050	0.0	69.	0.0054	185.185
0.0091	0.0069	+ 5.0	94.	0.0072	138.889
0.0125	0.0095	10.0	129.	0.0097	103.093
0.0168	0.0128	15.0	170.	0.0116	79.365
0.0228	0.0178	20.0	235.	0.0171	58.470
0.0304	0.0231	25.0	314.	0.0225	44.445
0.0402	0.0306	30.0	418.	0.0295	33.898
0.0531	0.0404	35.0	549.	0.0381	26.247
0.0698	0.0530	40.0	720.	0.0491	20 367
0.0905	0.0687	45.0	934.	0.0627	15.950
0.1165	0.0887	50.0	1205.	0.0797	12.547
0.1495	0.1137	55.0	1544.	0 1005	9.951
0.1905	0.1447	60.0	1965.	0.1260	7.937
0.2404	0.1827	65.0	2482.	0.1568	6.378
0.3013	0.2290	70.0	3112.	0.1932	5.176
0.3725	0.2831	75.0	3963.	0.2433	4.110
0.4633	0.3521	80.0	4783.	0.2892	3.458
0.5680	0.4317	85.0	5865.	0.3497	2.860
0.6912	0.5253	90.0	7136.	0.4196	2.383
0.8347	0.6343	95.0	8617.	0.4998	2.001
1.00	0.7600	100.0	10333.	0.5913	1.691
1.10	0.8360	102.7	11363.	0.6455	1.548
1.20	0.9120	105.2	12396.	0.6995	1.430
1.30	0.9880	107.5	13429.	0.7531	1.328
1.40	1.0640	109.7	14462.	0.8064	1.240
1.50	1.1400	112.2	15495.	0.8584	1.165
1.60	1.2160	114.3	16528.	0.9106	1.098
1.70	1.2920	116.3	17561.	0.9625	1.039
1.80	1.3680	118.0	18594.	1.0147	0.986
1.90	1.4440	119.7	19627.	1.0664	0.938
2.00	1.5200	121.4	20666.	1.1174	0.875
2.10	1.5960	123.0	21693.	1.1689	0.856
2.20	1.672	124.6	22726.	1.2196	0.820
2.30	1.748	126.1	23759.	1.2702	0.787
2.40	1.824	127.5	24792.	1.3207	0.757

Suite de la table.

ÉLASTICITÉ DE LA VAPEUR en prenant LA PRESSION de l'atmosphère POUR UNITÉ	COLONNE DE MERCURE A 0 DEGRÉ qui mesure L'ÉLASTICITÉ	TEMPÉRATURE correspondante donnée par le thermomètre centigrade A MERCURE	PRESSION sur un MÈTRE CARRÉ de surface en KILOGRAMMES	DENSITÉ correspondante ou poids du MÈTRE CUBE	VOLUME d'un KILOGRAMME de vapeur en MÈTRE CUBE
2.50	1.900	128.8	25825.	1.3713	0.729
2.60	1.976	130.1	26858.	1.4215	0.704
2.70	2.052	131.4	27891.	1.4714	0.680
2.80	2.128	132.7	28924.	1.5159	0.660
2.90	2.204	133.9	29957.	1.5707	0.637
3.00	2.280	135.1	30999.	1.6201	0.618
3.10	2.356	136.2	32023.	1.6696	0.609
3.20	2.432	137.3	33056.	1.7188	0.582
3.30	2.508	138.4	34089.	1.7978	0.566
3.40	2.584	139.5	35122.	1 8164	0 551
3.50	2.660	140.6	36155.	1.8650	0.536
3.60	2.736	141.6	37188.	1.9135	0.523
3.70	2.812	142.6	38221.	1.9619	0.510
3.80	2.888	143.6	39254.	2.0102	0.498
3.90	2.964	144.5	40287.	2.0585	0.486
4.00	3.040	145.4	41332.	2.1067	0.475
4.10	3.116	145.9	42353.	2.1585	0.463
4.20	3.192	146.4	43386.	2.2064	0.453
4.30	4.268	147.3	44419.	2.2551	0.444
4.40	3.344	148.2	45452.	2.3020	0.434
4.50	3.420	149.1	46485.	2.3496	0.426
4.60	3.496	149.9	47518.	2.3970	0.417
4.70	3.572	150.6	48551.	2.4450	0.409
4.80	3.648	151.5	49584.	2.4916	0.401
4.90	3.724	152.3	50617.	2.5388	0.394
5.00	3.800	153.1	51665.	2.5860	0.387
5.10	3.876	153.8	52683.	2.6330	0.380
5.20	3.952	154.6	53716.	2.6796	0.373
5.30	4.028	155.4	54749.	2.7277	0.367
5.40	4.104	156.1	55782.	2.7731	0.361
5.50	4.180	156.8	56815.	2.8198	0.355
5.60	4.256	157.5	57848.	2.8662	0.349
5.70	4.332	158.2	58881.	2.9126	0.343
5.80	4.408	158.9	59914.	2.9590	0.338
5.9	4.484	156.44	60947.	3.0064	0.333
6.0	4.560	160.20	61998.	3.0520	0.328
6.1	4.636	160.91	63013.	3.0978	0.323
6.2	4.712	161.06	64046.	3.1441	0.318
6.3	4.788	161.21	65079.	3.1824	0.314
6.4	4.864	162.70	66112.	3.2367	0.309

Suite de la table.

ÉLASTICITÉ DE LA VAPEUR en prenant LA PRESSION de l'atmosphère POUR UNITÉ	COLONNE DE MERCURE A 0 DEGRÉ qui mesure L'ÉLASTICITÉ	TEMPÉRATURE correspondante donnée par le thermomètre centigrade A MERCURE	PRESSION sur un MÈTRE CARRÉ de surface en KILOGRAMMES	DENSITÉ correspondante ou poids dû MÈTRE CUBE	VOLUME d'un KILOGRAMME de vapeur en MÈTRE CUBE
6.5	4.940	163.48	67145.	3.2814	0.305
6.6	5.016	164.10	68178.	3.3271	0.301
6.7	5.092	164.71	69211.	3.3729	0.297
6.8	5.168	165.32	70244.	3.4183	0.293
6.9	5.224	165.92	71217.	3.4638	0.289
7.0	5.320	166.50	72331.	3.5094	0.285
7.5	5.700	169.37	77470.	3.7353	0.268
8.0	6.080	172.10	82664.	3.9784	0.251
9.0	6.840	177.10	92997.	4.4057	0.227
10.0	7.600	181.60	103330.	4.8477	0.206
11.0	8.360	186.03	113663.	5.2807	0.189
12.0	9.120	190.00	123996.	5.7100	0.175
13.0	9.880	193.70	134329.	6.1367	0.163
14.0	10.640	197.19	144662.	6.5595	0.153
15.0	11.400	200.48	154995.	6.9790	0.143
16.0	12.160	203.60	165328.	7.3957	0.135
17.0	12.920	206.56	175661.	7.8087	0.128
18.0	13.680	209.40	185994.	8.2196	0.122
19.0	14.440	212.10	196327.	8.6284	0.116
20.0	15.200	214.70	206660.	9.0336	0.111
21.0	15.960	217.20	216993.	9.4372	0.106
22.0	16.720	219.60	227326.	9.8382	0.102
23.0	17.480	221.90	237659.	10.2370	0.098
24.0	18.240	224.20	247992.	10.6320	0.094
25.0	19.000	226.20	258325.	11.0290	0.091
30.	22.800	236.30	309990.	12.9770	0.077
35.	26.600	244.85	361655.	14.8870	0.067
40.	30.400	252.55	413320.	16.7620	0.060
45.	34.200	259.52	464985.	18.6110	0.054
50.	38.000	265.89	516650.	20.4330	0.049
100.	76.	311.36	1033300.	37.417	0.0267
200.	152.	363.58	2066600.	68.635	0.0146
300.	228.	397.65	3099900.	97.671	0.0102
400.	304.	423.57	4133200.	125.340	0.0080
500.	380.	444.70	5166500.	152.020	0.0066
600.	456.	462.71	6199800.	177.910	0.0056
700.	532.	478.45	7233100.	203.180	0.0049
800.	608.	492.47	8266400.	227.900	0.0044
900.	684.	505.16	9299700.	252.200	0.0039
1000.	760.	516.76	10333000.	276.000	0.0036

Vitesse moyenne avec laquelle un gaz ou une vapeur sort par un orifice.

§ XV. Nous ne citerons ici que deux des formules usitées pour la détermination de la vitesse d'écoulement des gaz ou des vapeurs :

$$V = \sqrt{2g\frac{P-p}{d}}$$

Dans cette première formule,
V = la vitesse moyenne du gaz qui s'écoule ;
g = $9^m,8088$;
P = la pression intérieure } sur un mètre carré de surface ;
p = la pression extérieure } sur un mètre carré de surface ;
d = la densité du gaz qui s'écoule.

$$V = \sqrt{2g\left\{(P-p)\frac{d'}{d}\right\}}$$

Dans cette deuxième formule,
P = la pression absolue du gaz ou de la vapeur, en mètres de mercure ;
p = la pression du milieu où se fait l'écoulement, exprimée en unités semblables ;
d' = la densité du mercure ;
d = la densité du gaz ou de la vapeur qui s'écoule.

Ces deux formules, ainsi que toutes celles établies jusqu'à ce jour pour le même objet, donnent un résultat erroné lorsqu'il s'agit de l'écoulement de la vapeur passant à l'air libre.

En effet, si nous cherchons la vitesse d'écoulement de la vapeur à une atmosphère de tension passant à l'air libre, nous verrons bientôt que P et p ont même valeur, de sorte que P — p égale zéro ; d'où l'on pourrait conclure que de la vapeur à une atmosphère de tension absolue ne pourrait s'échapper d'un générateur par un orifice qui déboucherait à l'air libre. L'expérience prouve cependant qu'à cette tension la vapeur s'échappe à l'air libre avec une vitesse prodigieuse. On ne sera donc pas surpris si nous manifestons notre étonnement de ce que nous avons lu dans tous les ouvrages qui traitent cette question. En effet, la limite inférieure de la vitesse d'écoulement de la vapeur s'y trouve fixée à zéro pour la tension absolue d'une atmosphère. Aussi en admettant cette supposition, on arriverait à prouver que la vapeur ne peut posséder aucune tension inférieure à une atmosphère. Mais comme on ne peut révoquer en doute l'émission de pressions inférieures à une atmosphère, on ne peut nier davantage que ces pressions inférieures à une atmosphère ne soient capables de provoquer des vitesses d'écoulement correspondantes.

Ainsi, au moyen des anciennes formules, on obtient une vitesse nulle pour toute pression inférieure ou égale à une atmosphère, et pour toute pression supérieure à une atmosphère, on obtient une vitesse exagérée bien supérieure à la réalité.

Nouvelle théorie sur la vitesse d'écoulement de la vapeur.

§ XVI. Une colonne de mercure de $0^m,76$ de hauteur à zéro de température opère sur une surface d'un mètre carré une pression de 10333 kilogrammes ; or la vapeur à une atmosphère de tension absolue exerce une pression semblable. Une colonne d'eau de $10^m,333$ de hauteur à zéro de température produirait aussi la même pression. Mais comme la vapeur à une atmosphère de tension est 22993 fois plus légère que le mercure, il faudrait à la vapeur, pour produire par son poids seulement une pression équivalente à celle-ci, que cette colonne de vapeur eût une hauteur verticale 22993 fois aussi grande que celle du mercure, c'est-à-dire $22993 \times 0^m,76 = 17475$ mètres de hauteur, en supposant la même densité sur toute cette hauteur.

L'air étant 10333 fois plus léger que le mercure, on aura donc la hauteur de l'atmosphère par $10333 \times 0^m,76 = 7853^m,08$, en supposant, bien entendu, que la densité de l'air soit constante sur toute cette hauteur. Mais comme les couches d'air vont toujours en se raréfiant à mesure qu'elles s'éloignent de la terre, il en résulte que la hauteur de l'atmosphère est immense.

Nous observerons que toutes ces relations conduisent au même résultat. En effet, si nous multiplions la colonne de mercure $0^m,76$ qui mesure la pression atmosphérique par la densité du mercure à zéro de température 13596 kilogrammes, nous obtiendrons la pression sur un mètre carré de surface

$$13596^{k} \times 0^{m},76 = 10333 \text{ kilogrammes.}$$

2° Si nous multiplions la colonne d'eau $10^{m},333$ qui mesure la pression atmosphérique par la densité de l'eau à zéro°.,1000 kilogrammes, nous aurons également la pression sur un mètre carré de surface

$$10^{m},333 \times 1000^{k} = 10333 \text{ kilogrammes.}$$

3° Si nous multiplions la colonne d'air 7853 mètres qui mesure la pression atmosphérique par la densité de l'air à zéro°, pris au niveau de la mer $1^{k},3158$, nous obtiendrons encore la pression sur un mètre carré de surface

$$7853^{m}, \times 1^{k},3158 = 10333 \text{ kilogrammes.}$$

4° Enfin, si nous multiplions la colonne de vapeur 17475 mètres par sa densité à une atmosphère $0^{k},5913$, nous obtiendrons toujours la pression sur un mètre carré de surface

$$17475^{m} \times 0^{k},5913 = 10333 \text{ kilogrammes.}$$

Nous pouvons encore estimer la hauteur de la colonne de vapeur par la formule suivante :

Nous observerons d'abord que le volume d'eau nécessaire à la formation d'un mètre cube de vapeur à une atmosphère de tension absolue est représenté par $0^{m3},0005913$. Ainsi, en divisant ce mètre cube de vapeur par $0^{m3},0005913$, nous verrons que le volume de ce mètre cube de vapeur est 1691.2 fois celui de l'eau qui a servi à le former ; or, comme la colonne d'eau qui mesure la pression atmosphérique est de $10^{m},333$, nous n'avons plus qu'à multiplier le nombre 1691.2 par $10^{m},333$, ce qui donnera exactement 17475 mètres pour la colonne de vapeur qui fait équilibre à la pression atmosphérique.

Ainsi, lorsqu'on connaîtra la tension de la vapeur sur un mètre carré de surface, il sera facile de calculer sa vitesse d'écoulement à l'air libre en une seconde par la formule :

$$V = \sqrt{2g\left(\frac{P}{d} - \frac{P'}{d'}\right)} = \sqrt{2g(h - h')},$$

dans laquelle P est la pression de la vapeur sur une surface d'un mètre carré, d la densité ou le poids du mètre cube de cette vapeur ; P' représente la pression atmosphérique sur une surface d'un mètre carré, et d' la densité ou le poids du mètre cube d'air atmosphérique sous la pression de $0^m,76$ et à la température de la glace fondante ; h est la hauteur de la colonne de pression de la vapeur, et h' celle de l'air atmosphérique.

Lorsqu'il s'agit de l'écoulement de l'eau, on ne prend pas en considération la pression atmosphérique, parce que cette pression s'exerce aussi bien sur le fluide du réservoir d'où l'eau s'écoule que sur la veine fluide elle-même. Mais lorsqu'il s'agit de l'écoulement de la vapeur contenue dans un récipient hermétiquement clos, il n'en est pas ainsi, attendu que la pression atmosphérique ne peut se faire sentir que sur le jet de vapeur qui s'échappe de ce récipient et nullement sur la vapeur qui s'y trouve renfermée. Ainsi la vitesse d'écoulement de la vapeur est déterminée par la différence entre la hauteur de la colonne de vapeur qui mesure sa pression en atmosphères et la hauteur de la colonne d'air dans les mêmes circonstances.

Or, d'après cette formule, la vapeur à la tension d'une atmosphère absolue s'échapperait du générateur qui la contient avec la vitesse prodigieuse de $433^m,25$ par seconde très-approximativement ; en effet :

$$V = \sqrt{19.62\left\{\frac{10333^k}{0^k,5913} - \frac{10333^k}{1^k,3158}\right\}} = 433^m,25.$$

Mais nous devons avouer que ce résultat est grandement inexact, par suite de l'introduction dans le calcul d'une colonne d'air atmosphérique d'une hauteur erronée. « Le principe général que les vitesses sont, comme les racines carrées, des charges, s'étend aux fluides de toute espèce : au mercure, à l'huile, et même aux fluides aériformes ; de sorte que la vitesse avec laquelle chacun d'eux sort par un orifice est indépendante de sa nature et de sa densité. Elle ne dépend que de la charge : l'expérience le prouve (1). »

Conformément à cette loi, il est évident que la vitesse d'écoulement d'un fluide ne dépend rigoureusement que de la charge ou hauteur verticale sous laquelle se fait l'écoulement ; par conséquent, que la densité du fluide soit régulièrement ou irrégulièrement décroissante ou exactement uniforme, ceci importe peu, puisque nous savons que cette densité n'a aucune influence sur la vitesse d'écoulement. Mais la densité de l'air nous est indispensable pour arriver à la détermination de la hauteur atmosphérique sous laquelle se fait l'écoulement. Or, nous avons vu précédemment que la hauteur verticale de la colonne d'air atmosphérique était de 7853 mètres, mais en supposant à cet air la même densité sur toute cette hauteur, ce qui n'a réellement pas lieu. Ainsi, à cette hauteur de 7853 mètres qui est de beaucoup inférieure à la réalité, nous devons substituer la véritable hauteur de la colonne atmosphérique. Nous savons tous que la densité de l'air décroît à mesure qu'on s'élève dans l'atmosphère, de telle sorte que, pour obtenir la hauteur de l'atmosphère, nous devons prendre en considération non pas la densité absolue de l'air, mais sa densité moyenne. Pour cela, nous prendrons pour limite supérieure de l'atmosphère le point où les molécules d'air commencent à s'isoler les unes des autres par suite d'une dilatation infinie. Il est naturel de fixer cette limite au point où la densité de l'air devient zéro. Or, comme la densité de l'air au niveau de la mer est de $1^k,3158$, il en résulte que la densité moyenne de cet air atmosphérique est exprimée par :

$$\frac{1^k,3158}{2} = 0^k,6579.$$

Par conséquent, nous obtiendrons la véritable hauteur verticale de la colonne d'air atmosphérique par :

$$\frac{10333^k}{0^k,6579} = 15706 \text{ mètres.}$$

(1) D'Aubuisson.

Dans ce cas, en conservant les notations précédentes, la formule générale pour l'écoulement de la vapeur à l'air libre donnera :

$$V = \sqrt{19.62 \left\{ \frac{10333^k}{0^k,5913} - \frac{10333^k}{0^k,6579} \right\}} =$$

$$= \sqrt{19.62 \left\{ 17475^m - 15706^m \right\}} = 186^m,30.$$

Telle est la véritable vitesse de la vapeur à une atmosphère de tension absolue s'écoulant à l'air libre.

Conformément au principe énoncé plus haut, nous savons que la véritable hauteur de la colonne d'air atmosphérique est seule indispensable à la détermination de la vitesse d'écoulement de la vapeur et non point la hauteur de la colonne d'air relative à la densité de cet air pris au niveau de la mer. Voyons-en une preuve. Si nous avions une colonne d'eau de 5 mètres de hauteur surmontée d'une colonne d'huile de 5 mètres également, il est bien évident que, pour obtenir la vitesse d'écoulement du fluide s'échappant à la partie inférieure de la colonne liquide, nous devrions introduire dans le calcul la hauteur totale de la colonne liquide 10 mètres, et non point 9 mètres, hauteur correspondant à la densité du fluide dans la partie inférieure de la colonne liquide. En effet, la densité de l'eau étant de 1000 kilogrammes et celle de l'huile étant supposée de 800 kilogrammes, la densité moyenne est naturellement de 900 kilogrammes qui, multipliés par 10 mètres, donnent 9000 kilogrammes pour pression inférieure. Or, si nous divisons 9000 kilogrammes par 1000 kilogrammes, densité de l'eau, il viendra 9 mètres pour la hauteur correspondant à la densité du fluide, à la partie inférieure de la colonne liquide; de telle sorte que la détermination de la vitesse d'écoulement résultant de cette hauteur 9 mètres serait complètement fautive, car la véritable hauteur de la colonne liquide est 10 mètres et non point 9 mètres.

C'est là précisément ce qui arrive pour l'air atmosphérique, car en calculant la hauteur de la colonne d'air d'après la densité de cet air pris au niveau de la mer, nous obtenons une hauteur bien inférieure à celle qui existe réellement. Si, au contraire, on calculait la hauteur de la colonne d'air en prenant la densité de cet air dans la région supérieure de l'atmosphère, nul doute que cette hauteur ne fût bien supérieure à la réalité. Nous devons donc, dans cette circonstance, prendre la densité moyenne de cet air, afin d'obtenir la véritable hauteur de la colonne atmosphérique.

Ainsi, dans le calcul de la vitesse d'écoulement de la vapeur à l'air libre, nous devons introduire la véritable hauteur de la colonne d'air atmosphérique représentée par :

$$\frac{p'}{d'} = \frac{10333^k}{0^k,6579} = 15706 \text{ mètres.}$$

En nous appuyant de ces considérations, nous observerons que les auteurs qui ont déterminé la vitesse d'écoulement de l'air atmosphérique s'introduisant dans une capacité où l'on a fait un vide parfait, se sont nécessairement trompés en fixant cette vitesse à 395 mètres par seconde ; car en vertu de la véritable hauteur de la colonne d'air atmosphérique, cette vitesse est de $555^m,114$ par seconde.

Vitesse d'écoulement lorsque le fluide passe dans un milieu de même nature.

§ XVII. Nous savons que la densité des liquides n'influe en aucune manière sur leur vitesse d'écoulement à l'air libre ; mais il n'en est plus ainsi lorsqu'il s'agit de leur écoulement par un orifice noyé.

Dans la circonstance de l'écoulement d'un fluide par un orifice noyé, les deux fluides étant en contact vers l'orifice qui les met en communication exercent une pression l'un sur l'autre. Or, nous savons que cette pression exercée prend sa source non seulement dans la hauteur de la colonne du fluide, mais aussi dans sa densité. En effet, si nous voulons calculer la pression exercée sur une surface d'un mètre carré par une colonne de mercure de $0^m,76$, nous devrons multiplier la densité du mercure 13596 kilogrammes par la hauteur de cette colonne de mercure $0^m,76$, et nous aurons la pression exercée :

$$13596^k \times 0^m,76 = 10333 \text{ kilogrammes.}$$

S'il s'agissait d'une colonne d'eau de $10^m,333$ de hauteur, la densité de l'eau étant de 1000 kilogrammes, la pression exercée sur un mètre carré serait :

$$1000^k \times 10^m,333 = 10333 \text{ kilogrammes};$$

c'est-à-dire que cette pression est en tout semblable à celle exercée par le mercure, et cependant la différence de hauteur des deux colonnes fluides est considérable. Néanmoins, malgré cette grande différence dans la hauteur des deux colonnes de pression, il est facile de voir que, si la colonne d'eau débouchait au bas de la colonne du mercure, il ne pourrait y avoir vitesse ni d'un côté ni d'autre. Il en résulte que, si nous voulions calculer la vitesse d'écoulement de la colonne d'eau débouchant au bas de la colonne de mercure, la formule précédente :

$$V = \sqrt{2\,g \left\{ h - h' \right\}}$$

donnerait un résultat complètement erroné, puisqu'il viendrait :

$$V = \sqrt{19.42 \left\{ 10^m,333 - 0^m,76 \right\}} = 13^m,70,$$

tandis qu'il est facile de comprendre que la pression étant égale de part et d'autre, nulle vitesse d'écoulement ne peut se produire.

Afin de n'être point induit en erreur, il est indispensable de substituer la formule suivante à celle qui précède :

$$V = \sqrt{2g \left\{ h - \frac{h'\,d'}{d} \right\}} = \sqrt{2\,g \left\{ \frac{P}{d} - \frac{P'}{d} \right\}} =$$

$$= \sqrt{2g \frac{P - P'}{d}}$$

C'est là précisément la formule admise par la généralité des auteurs, formule qui ne peut évidemment s'appliquer que dans le cas où la vitesse serait nulle si la tension des deux fluides était égale.

En conservant les notations exprimées précédemment relativement à la vitesse d'écoulement d'une colonne d'eau débouchant au bas d'une colonne de mercure, il vient :

$$V = \sqrt{19.62 \left\{ 0^m,76 - \frac{10^m,333 \times 1000^k}{13596^k} \right\}} = \text{zéro}.$$

Cette formule s'applique à tous les fluides qui s'écoulent dans un milieu de même nature ; par exemple, à l'écoulement de l'air comprimé s'échappant à l'air libre, et à l'écoulement de la vapeur passant d'un cylindre dans un condenseur, etc.

Ainsi, par exemple, supposons que la vapeur contenue dans un cylindre soit à une atmosphère de tension et que la tension, dans le condenseur où cette vapeur passe, soit à $0^{at},145$; nous trouverons dans la table § XIV, que la densité de la vapeur à une atmosphère est $0^k,5913$, et sa tension sur un mètre carré, 10333 kilogrammes. D'autre part, la tension dans le condenseur étant de 1500 kilogrammes sur un mètre carré, il viendra, pour la vitesse d'écoulement de la vapeur passant du cylindre dans le condenseur :

$$V = \sqrt{19,62 \left\{ \frac{10333^k - 1500^k}{0^k,5913} \right\}} = 541^m,35.$$

Lorsqu'il s'agit de l'écoulement d'un fluide passant dans un milieu de même nature, ce fluide prend naturellement la tension du milieu dans lequel il passe. C'est ainsi que l'air comprimé s'écoulant à l'air libre prend nécessairement à sa sortie la tension de l'air extérieur ; et il en est encore ainsi de la vapeur passant d'un cylindre dans un condenseur, attendu que la condensation réduit la tension de cette vapeur à celle qui existe dans le condenseur.

Dans d'autres circonstances, le fluide qui passe d'un récipient dans un autre a pour effet d'augmenter la tension du milieu dans lequel il passe. Mais lorsque la vapeur s'écoule à l'air libre, les choses ne se passent plus de la même manière, car la vapeur qui s'écoule dans l'atmosphère, au lieu de prendre la tension de l'air extérieur, perd entièrement, au contraire, celle qu'elle avait à son départ. D'un autre côté, la vapeur qui s'écoule à l'air atmosphérique n'augmente jamais la tension de cet air atmosphérique. Voilà pourquoi la vapeur s'échappant à l'air libre ne peut être assimilée aux fluides qui s'écoulent par un orifice noyé. C'est aussi pour cette raison que l'air atmosphérique ne peut s'opposer à l'écoulement de la vapeur, la tension de cette vapeur fût-elle infiniment inférieure à la tension atmosphérique.

Dans tout ce qui précède, nous avons supposé que l'écoulement avait lieu par un orifice en mince paroi. Dans cette circonstance, quoique le frottement du fluide sur les parois de l'orifice soit très-minime, il n'en est pas moins vrai que ces parois opposent une certaine résistance qui se traduit par une petite réduction de vitesse. Mais s'il s'agissait de la vapeur contenue dans un cylindre et passant à l'air extérieur ou dans un condenseur, il est évident que cette réduction de vitesse augmenterait de valeur. En effet, la vapeur, avant d'arriver à l'orifice de sortie, doit parcourir un canal étroit et raboteux présentant plusieurs angles qui changent brusquement la direction de la veine fluide, et il en est encore ainsi avant que la vapeur parvienne à l'extérieur ou dans le condenseur. En troisième lieu, la vapeur, après avoir dépassé l'orifice de sortie, se trouve encore resserrée dans des tuyaux généralement trop étroits, où sa tension est comparativement élevée, de sorte que sa vitesse d'écoulement en est quelque peu retardée. Si nous prenons en considération, d'une part, la résistance due au frottement dans tout le parcours de la vapeur à partir du cylindre jusqu'à l'air extérieur ou jusqu'au condenseur, nous ne serons pas surpris que sa vitesse d'écoulement soit, dans ces circonstances, un peu inférieure à celle que nous avons trouvée plus haut.

En prenant en considération les travaux des savants qui ont étudié cette question, nous pouvons, sans exagération et sans crainte d'erreur, fixer à 0.92 le coefficient de réduction de la vitesse d'écoulement lorsqu'il s'agit d'une machine à vapeur.

Or donc, lorsque nous aurons à calculer la vitesse d'écoulement de la vapeur passant d'un cylindre à l'air extérieur, la formule deviendra :

$$V = 0.92 \sqrt{2\,g \left\{ \frac{P}{d} - \frac{P'}{d'} \right\}} = 0.92 \sqrt{2\,g \left\{ h - h' \right\}}$$

Si, au contraire, nous voulons connaître la vitesse d'écoulement de la vapeur passant d'un cylindre dans un condenseur, nous aurons :

$$V = 0.92 \sqrt{2 g \left\{ \frac{P - P'}{d} \right\}}$$

Volumes dépensés par les orifices.

§ XVIII. Nous ne citerons pas ici les expériences des savants qui ont travaillé à résoudre cette question. De Prony, Venturi, Eytelwein, d'Aubuisson, et plusieurs autres ingénieurs, nous ont laissé le résultat de leurs expériences pour déterminer la vitesse et le degré de contraction des fluides débouchant par des orifices de formes diverses. La vitesse d'écoulement et la contraction de la veine fluide sont influencées : 1° par la résistance des parois des tuyaux ; 2° par les changements brusques de direction ; 3° par les étranglements ou solutions de continuité ; et 4° enfin par la forme des orifices.

En résumant les travaux des savants précités, nous avons cru pouvoir donner aux coefficients de contraction applicables à la dépense de la vapeur les valeurs suivantes :

0.62 pour un orifice en mince paroi ;

0.65 pour l'orifice de la table d'un cylindre à vapeur débouchant dans la poche du tiroir ;

0.90 pour un ajutage court et cylindrique ;

0.92 pour un ajutage court et légèrement rétréci.

De sorte qu'en désignant par Q la dépense réelle de la vapeur passant d'un cylindre à l'air extérieur ou dans un condenseur, nous aurons :

$$Q = 0.65 \, S \, V,$$

formule dans laquelle S représente la section de l'orifice sur la table du cylindre à vapeur.

Transformation du mouvement rectiligne alternatif en mouvement circulaire continu.

§ XIX. Pour l'étude de cette question, nous supposerons une machine à vapeur donnant 60 courses simples de piston par minute.

La longueur H de la course du piston étant d'un mètre, sa vitesse est naturellement d'un mètre par seconde. Dans cette circonstance, la longueur R de la manivelle sera nécessairement exprimée par :

$$R = \frac{H}{2} = \frac{1^m}{2} = 0^m,50.$$

De sorte que nous aurons, pour le chemin C parcouru par la manivelle pendant une course simple du piston :

$$C = H\frac{\pi}{2} = 1^m \frac{3.14159}{2} = 1^m,5707963. \ . \ . \ .$$

longueur qui surpasse de beaucoup celle parcourue par le piston dans le même temps ; en effet, nous avons :

$$H = \frac{2\ C}{\pi} = \frac{2 \times 1^m,5707963}{3.14159} = 1 \text{ mètre}.$$

Ainsi, la longueur d'une course simple du piston est toujours égale au diamètre du cercle décrit par la manivelle, tandis que le chemin parcouru par la manivelle dans une course simple du piston est la moitié de la longueur de cette circonférence.

Nous devons dire maintenant, qu'abstraction faite des résistances engendrées par le frottement, la manivelle ne peut restituer, dans toute son intensité, la quantité d'action qu'elle a reçue du moteur, que si la demi-circonférence décrite par le bras de levier moyen du point d'application du moteur est d'une longueur rigoureusement égale à la longueur même d'une course simple du piston.

Pour mesurer la longueur de la demi-circonférence décrite par le bras de levier moyen du point d'application du moteur, il est donc de toute nécessité de connaître les différents bras de levier correspondant aux diverses positions de la manivelle dans tous les points de la rotation, afin d'en déduire le bras de levier moyen.

Pour cela, sur le cercle décrit par la manivelle, nous tracerons une ligne diamétrale perpendiculaire à l'axe du cylindre. Or, si de chaque point du cercle décrit par la manivelle, nous abaissons des perpendiculaires sur ce diamètre, chaque longueur déterminée sur ce diamètre par l'intersection des perpendiculaires et le centre du cercle, représentera les différents bras de levier correspondant aux diverses positions de la manivelle indiquées par ces perpendiculaires.

Déterminons donc la véritable longueur de ces différents bras de levier pour une course simple du piston, ou, en d'autres termes, pour un arc de 180 degrés décrit par la manivelle. A cet effet, nous avons dressé la table suivante, qui montrera d'un seul coup d'œil les bras de levier correspondant aux diverses positions de la manivelle de 10 degrés en 10 degrés, et en même temps la longueur parcourue par le piston à chaque position de la manivelle.

Table donnant les bras de levier et les longueurs parcourues par le piston, pour chaque position de la manivelle de 10 degrés en 10 degrés, pour un arc de 180 degrés décrit par la manivelle, et en supposant la bielle d'une longueur infinie ou parallèle à l'axe du cylindre.

NOMBRE DE DEGRÉS DÉCRITS par la MANIVELLE	DÉTERMINATION DES DIVERS BRAS DE LEVIER correspondant A CHAQUE POSITION DE LA MANIVELLE	BRAS DE LEVIER DE LA MANIVELLE pour UN ARC DE 180 DEGRÉS	CHEMIN PARCOURU par le piston pour chaque 10 degrés parcourus par LA MANIVELLE
10	R sin 10° = 0,5 × 0,173648	= 0m,0868240	0m,0076115
20	R sin 20 = 0,5 × 0,342020	= 0 ,1710100	0 ,0225720
30	R sin 30 = 0,5 × 0,500000	= 0 ,2500000	0 ,0368475
40	R sin 40 = 0,5 × 0,642788	= 0 ,3213940	0 ,0500030
50	R sin 50 = 0,5 × 0,766044	= 0 ,3830220	0 ,0616390
60	R sin 60 = 0,5 × 0,866025	= 0 ,4330125	0 ,0714025
70	R sin 70 = 0,5 × 0,939693	= 0 ,4698465	0 ,0789965
80	R sin 80 = 0,5 × 0,984808	= 0 ,4924040	0 ,0841900
90	R sin 90 = 0,5 × 1,000000	= 0 ,5000000	0 ,0867380
100	R sin 80 = 0,5 × 0,984808	= 0 ,4924040	0 ,0867380
110	R sin 70 = 0,5 × 0,939693	= 0 ,4698465	0 ,0841900
120	R sin 60 = 0,5 × 0,866025	= 0 ,4330125	0 ,0789965
130	R sin 50 = 0,5 × 0,766044	= 0 ,3830220	0 ,0714025
140	R sin 40 = 0,5 × 0,642788	= 0 ,3213940	0 ,0616390
150	R sin 30 = 0,5 × 0,500000	= 0 ,2500000	0 ,0500030
160	R sin 20 = 0,5 × 0,342020	= 0 ,1710100	0 ,0368475
170	R sin 10 = 0,5 × 0,173648	= 0 ,0868240	0 ,0225720
180	R sin 00 = 0,5 × 0,000000	= 0 ,0000000	0 ,0076115
Le rayon étant 1, le bras de levier $= \frac{11.430052}{18}$		5m,7150260	1m,0000000

Ainsi le bras de levier moyen β de la puissance serait donné par :

$$\beta = \frac{5^{m},715026}{18} = 0^{m},3175014$$

ou plus exactement par :

$$\beta = \frac{H}{\pi} = \frac{1^{m}}{3.14159} = 0^{m},318309886\ldots$$

La vapeur agit donc sur la manivelle par l'intermédiaire de la bielle et du piston, de la même manière que le ferait un poids P, égal à la puissance, suspendu par une corde enroulée sur une poulie R dont le rayon aurait pour longueur $0^{m},318309886\ldots$

En prenant le bras de levier correspondant à l'angle moyen de la rotation pour chaque arc de 90 degrés, nous eussions commis une erreur, car le bras de levier correspondant à l'angle moyen 45 degrés est exprimé par :

$$0^{m},50 \times \sin 45^{o} = 0^{m},50 \times 0.7071068 = 0^{m},3535534.$$

Ce bras de levier de l'angle moyen est, ainsi que nous le disions plus haut, bien supérieur au bras de levier moyen exprimé par :

$$\frac{H}{\pi} = 0^{m},318309886\ldots$$

La poulie R effectuant une demi-révolution en une seconde, la demi-circonférence due à ce bras de levier moyen représentera la longueur H du chemin parcouru par le poids P en une seconde ; en effet :

$$H = \pi\,\beta = 3.14159 \times 0^{m},318309886 = 1 \text{ mètre},$$

qui est précisément la longueur d'une course simple du piston. Or, si la pression de la vapeur sur le piston est de 1000 kilogrammes, nous aurons pour l'effet dynamique K^{m} :

$$K^{m} = 1000^{k}\,\pi\,\beta = P\,H = 1000^{k} \times 1^{m} = 1000 \text{ kilogrammètres.}$$

Ainsi, abstraction faite des résistances par le frottement, la transformation du mouvement rectiligne alternatif en mouvement circulaire continu ne donne lieu à aucune déperdition de force.

Il est inutile de faire observer qu'en prenant le sinus de l'arc décrit par la manivelle, chaque bras de levier pris isolément n'est pas d'une exactitude absolue, car l'angle formé par la bielle avec la manivelle n'a pas même valeur que l'arc correspondant décrit par la manivelle. Mais, dans une demi-révolution de la manivelle, la somme de ces angles et arcs étant exactement la même, il ne saurait y avoir de différence dans les résultats.

§ XX. Nous allons donner maintenant les formules nécessaires à la détermination de l'angle formé par la bielle avec la manivelle dans tous les instants de la rotation.

Lorsque la manivelle se trouve en dedans de l'arc décrit par la bielle et passant par l'axe de la manivelle, l'angle x, formé par la manivelle avec la ligne prolongée de la bielle, est représenté par :

$$x = a + b.$$

Au contraire, lorsque la manivelle se trouve en dehors de l'arc décrit par la bielle et passant par l'axe de la manivelle, alors l'angle x formé directement par la bielle avec la manivelle est exprimé par :

$$x = 180^\circ - (a + b).$$

§ XXI. Dans le tableau précédent, nous avons supposé la bielle d'une longueur infinie ; mais si nous nous proposons de faire entrer la longueur de la bielle dans le calcul, le chemin parcouru par le piston ne sera plus représenté exactement par les formules précédentes : pour y parvenir, nous admettrons que

C = le chemin parcouru par le piston ;
a = le nombre de degrés de l'arc parcouru par la manivelle ;
R = le rayon du cercle décrit par la manivelle ;
b = l'angle que la bielle fait avec l'axe du cylindre ;
L = la longueur de la bielle.

De sorte que nous aurons, pour le chemin réel parcouru par le piston, relativement au nombre de degrés parcourus par la manivelle sur un arc de 90 degrés ou au-dessous, par :

$$C = \{ (1 - \cos a) R \} + \{ (1 - \cos b) L \}$$

Si nous cherchons le chemin parcouru par le piston, relativement au nombre de degrés parcourus par la manivelle sur un arc de 90 à 180 degrés, il viendra :

$$C = \{ \cos (180^\circ - a) R \} + \{ (1 - \cos b) L \} + R.$$

La valeur de l'angle b est d'ailleurs donnée par :

$$\sin b = \sin a \frac{R}{L}, \text{ et } \cos b = \frac{1}{L} \sqrt{L^2 - R^2 \sin^2 a}.$$

Supposons, par exemple, que la manivelle se trouve à 100 degrés de son point de départ correspondant au commencement de la course du piston. Si la manivelle a $0^m,5$ de longueur, et la bielle $2^m,50$, nous aurons en premier lieu :

$$\sin b = \sin (180^\circ - 100^\circ) \frac{0^m,5}{2^m,5} = 0.1969616,$$

dont le nombre de degrés, conformément aux tables des sinus naturels, est de $11^\circ,36$, et, selon les mêmes tables, le cosinus de $11^\circ.36$ est 0.9804 ; de sorte qu'il viendra pour C :

$$C = \{ \cos (180^\circ - 100^\circ)^m,5 \} + \{ (1 - \cos 11^\circ.36) 2^m,5 \} +$$
$$+ 0^m,5 = \{ 0.173476 \times 0^m,5 \} + \{ 0.019591 \times 2^m,5 \} + 0^m,5 =$$
$$= 0^m,6357155.$$

C'est là précisément la longueur du chemin parcouru par le piston, lorsque la manivelle se trouve à 100 degrés de son point de départ.

Si la manivelle se trouve seulement à 80 degrés de son point de départ, nous aurons alors pour C :

$$C \{ (1 - \cos 80^\circ) 0^m,5 \} + \{ (1 - \cos 11^\circ.36) 2^m,5 \} =$$
$$= \{ (1 - 0.173476) 0^m,5 \} + \{ 0.019591 \times 2^m,5 \} =$$
$$= 0^m,4622395.$$

Ainsi, $0^m,4622395$ est la longueur exacte du chemin parcouru par le piston, lorsque la manivelle se trouve à 80 degrés de son point de départ.

§ XXII. C'est au moyen de ces formules que nous avons dressé la table suivante.

Table donnant le chemin parcouru par le piston pour chaque position correspondante de la manivelle, de dix degrés en dix degrés, depuis le commencement d'une course simple jusqu'à la fin.

NOMBRE de DEGRÉS PARCOURUS par LA MANIVELLE	CHEMIN Parcouru par le piston pour des arcs de 10, 20, 30, jusqu'à 180 degrés parcourus par la manivelle.	CHEMIN Parcouru par le piston pour chaque arc de 10 degrés parcouru par la manivelle.
10°.	$0^m,0091190$	$0^m,0091190$
20.	0 ,0360335	0 ,0269145
30.	0 ,0795660	0 ,0435325
40.	0 ,1377990	0 ,0582330
50.	0 ,2082355	0 ,0704365
60.	0 ,2879055	0 ,0796700
70.	0 ,3735995	0 ,0856940
80.	0 ,4622395	0 ,0886400
90.	0 ,5505375	0 ,0882980
100.	0 ,6357155	0 ,0851780
110.	0 ,7154555	0 ,0797400
120.	0 ,7877545	0 ,0722990
130.	0 ,8508895	0 ,0631350
140.	0 ,9037310	0 ,0528415
150.	0 ,9455040	0 ,0417730
160.	0 ,9756665	0 ,0301625
170.	0 ,9938960	0 ,0182295
180.	1.,0000000	0 ,0061040
		Total. $1^m,0000000$

La pression atmosphérique sur le piston des machines à vapeur à double effet est illusoire.

§ XXIII. L'air atmosphérique possède les propriétés générales de la matière : l'impénétrabilité, l'inertie, la mobilité et la pesanteur, propriétés qui sont développées dans tous les ouvrages de physique, mais qu'il serait superflu d'examiner ici.

Cependant il importe de dire que l'air atmosphérique n'exerce une pression dynamique sur aucun corps connu dans la nature ; il ne peut même exercer une pression statique que sur les corps d'une densité supérieure à la sienne. La pression de l'air atmosphérique n'est donc ni sensible, ni apparente. Néanmoins, il n'est pas impossible de provoquer la pression atmosphérique sur des fluides d'une densité et d'une tension inférieures à celles de l'air. En effet, dans les machines à vapeur atmosphériques, le piston se trouvant interposé entre l'air, d'un côté, et la vapeur dans le cylindre, et, par suite, dans le condenseur, de l'autre, il y a vraiment, dans cette circonstance, une pression atmosphérique exercée sur le piston d'une telle machine.

Lorsqu'on opère le vide dans un vase muni d'un piston en communication directe avec l'air atmosphérique, chaque centimètre carré de surface de ce piston est alors poussé par l'air atmosphérique avec une force de 1k,033 ; mais, dans cette action, l'air atmosphérique ne peut être considéré comme force motrice, attendu que le travail dynamique a été provoqué tout entier par la force étrangère qui a opéré la soustraction de l'air contenu dans le vase, travail sans lequel l'air atmosphérique n'eût pu produire aucun effet.

Une preuve à l'appui, c'est que l'air, dans cette action, n'a subi ni transformation, ni altération, tandis que toute action dynamique implique rigoureusement une modification, ou une transformation, ou une altération de l'agent moteur.

Par exemple, lorsque le vent met les ailes d'un moulin en activité, il y a altération de sa vitesse et changement de sa direction. Si l'eau est versée sur une roue hydraulique en dessus, il y a destruction de chute pour la quantité d'eau dépensée ; enfin, lorsqu'on se sert de la vapeur pour opérer le vide, il y a transformation de cette vapeur en eau. Ce n'est toujours que par la modification, la transformation ou l'altération de l'agent moteur que l'on obtient un effet dynamique.

Nous avons dit plus haut que l'air atmosphérique ne pouvait exercer une pression statique que sur les corps d'une densité supérieure à la sienne. Cette propriété ne s'étend pas seulement aux fluides élastiques, mais également aux liquides. Par exemple, versons dans un vase, dans l'ordre suivant, de l'alcool, de l'huile, de l'eau et du mercure; cet ordre sera immédiatement renversé, car le mercure occupera le fond du vase, l'eau le surmontera, l'huile se fixera au-dessus de l'eau, et enfin l'alcool surmontera ces trois liquides. Il est donc bien évident que le mercure, qui est le plus pesant de ces liquides, non-seulement n'exerce aucune pression sur les trois autres, mais qu'il en est au contraire pressé; car l'alcool exercera une pression sur l'huile, l'huile sur l'eau, et l'eau, à son tour, sur le mercure. Il est donc incontestable que les fluides les plus pesants ne peuvent pas même exercer une pression statique sur les plus légers, pression statique qui ne peut être exercée que par les plus légers sur les plus pesants.

Nous allons maintenant faire connaître l'erreur matérielle qui s'est propagée jusqu'à ce jour, concernant les machines à vapeur.

Tous les ingénieurs admettent que, dans les machines à vapeur à double effet, sans condensation, la face du piston opposée à l'action de la vapeur, face qui est en communication directe avec l'air extérieur par les orifices qui sont alors ouverts, est repoussée en sens contraire du mouvement, avec une force de 1k,033 sur chaque centimètre carré de surface.

Cette supposition est entièrement gratuite, c'est tout simplement une erreur.

En effet, l'air atmosphérique est impuissant à exercer une pression quelconque sur les gaz doués d'une force d'expansion native ou artificielle.

Ainsi, lorsque nous comprimons de l'air atmosphérique dans un récipient hermétiquement clos, nous lui transmettons une force d'expansion artificielle. Or si, dans cet état, nous faisons communiquer l'intérieur de ce récipient avec l'air extérieur en pratiquant un orifice, l'air comprimé s'échappera sans que l'air extérieur puisse exercer aucune pression à l'intérieur de ce récipient. Si, dans cette expérience, nous mettons la cuvette d'un baromètre à long tube en communication avec l'intérieur du récipient, le mercure de ce baromètre montera à une hauteur de $1^m,52$, en supposant la tension intérieure égale à deux atmosphères. Or si, dans cette situation, nous ouvrons l'orifice de communication avec l'air extérieur, non seulement la pression extérieure ne fera pas monter le mercure au-dessus de $1^m,52$, mais, au contraire, le mercure s'abaissera dans le tube barométrique au fur et à mesure que l'air comprimé s'écoulera à l'extérieur, et il viendra se fixer à $0^m,76$, lorsque la force d'expansion de l'air comprimé s'anéantira.

Eh bien, ce que nous venons de dire de l'air comprimé s'applique à tous les gaz doués d'une force d'expansion native ou artificielle. Ainsi, la vapeur qui jouit de cette force d'expansion native ne peut, dans aucune circonstance, être comprimée par l'air atmosphérique. Par exemple, quel que soit le degré de tension de la vapeur renfermée dans un générateur, si nous faisons communiquer l'intérieur de ce générateur avec l'air atmosphérique, en ouvrant les soupapes, la tension intérieure ne s'accroîtra pas, et le mercure, dans le tube manométrique, restera stationnaire et baissera même, si la génération de la vapeur est suspendue.

Admettons que la vapeur, dans le générateur, soit à deux atmosphères de tension, le mercure, dans le tube manométrique, se maintiendra nécessairement à $0^m,76$ de hauteur. Mais, si réellement la pression atmosphérique peut se faire sentir à l'intérieur des vases qui renferment de la vapeur, ainsi qu'on l'a soutenu jusqu'ici, il est alors bien évident qu'en ouvrant les soupapes du générateur, l'intérieur de ce générateur se trouvera en communication directe avec l'air extérieur, qui nécessairement devra augmenter la pression intérieure d'une atmosphère. Donc, dans cette circonstance, le mercure, dans le tube manométrique, devrait monter à $1^m,52$, attendu que la pression intérieure est supposée de trois atmosphères.

Il n'est pas nécessaire de dire qu'il n'en sera rien, car nous savons tous que l'ouverture des soupapes d'un générateur n'a nullement pour effet d'augmenter la tension intérieure de la vapeur, preuve trop évidente de la nullité de la pression atmosphérique.

Nous l'avons déjà expliqué et nous ne cesserons de le répéter, l'air atmosphérique ne peut exercer une pression sur les gaz ou les vapeurs doués d'une force d'expansion native ou artificielle que par l'interposition d'une surface en contact. C'est précisément ce qui a lieu dans les machines à vapeur atmosphériques ; mais si la vapeur se trouve en contact direct avec l'air atmosphérique, cet air atmosphérique est impuissant à exercer une pression quelconque à l'intérieur du vase qui la renferme : l'expérience ne laisse aucun doute à cet égard.

Dans les machines à vapeur à double effet, sans condensation, le piston ne pouvant se trouver en contact direct avec l'air extérieur, on ne peut, dans cette circonstance, invoquer la pression atmosphérique ; car il faudrait supposer pour cela que le mouvement du piston fût tellement lent, que la vapeur eût le temps de s'échapper complètement du cylindre et qu'elle fût remplacée par l'air atmosphérique. Mais c'est là une supposition qui ne peut être admise et qui n'a pas lieu, car l'expansion de la vapeur est telle, que toute entrée d'air dans le cylindre est impossible.

Il est donc démontré surabondamment que l'air atmosphérique ne peut exercer ni pression dynamique, ni pression statique sur le piston des machines à vapeur à double effet, sans condensation, et qu'on s'est complètement fourvoyé en l'admettant.

Contrepression sur le piston des machines à vapeur.

§ XXIV. La résistance opposée au mouvement du piston par la vapeur qui s'échappe du cylindre d'une machine était une lacune à combler ; mais de tous les ouvrages que nous avons consultés, concernant les machines à vapeur, nous n'avons retiré aucune indication capable de nous mettre sur la voie pour arriver à la détermination de la contrepression exercée par la vapeur sur le piston de ces machines. Cette absence complète de documents nous a créé de bien grandes difficultés ; néanmoins, nous présentons avec confiance cette partie de notre travail, qui comble une lacune importante.

Pour estimer la contrepression de la vapeur, nous supposons que la tension de cette vapeur qui s'échappe du cylindre reste constante pendant tout le temps de son passage à l'air extérieur. S'il en était ainsi, cette vapeur s'échapperait du cylindre dans un espace de temps beaucoup plus court que dans l'état ordinaire des choses ; mais ceci ne changera rien au résultat, car le travail exercé sur le piston par la vapeur qui s'enfuit reste le même, soit que cette vapeur s'échappe à pression constante, pendant une petite partie de la course du piston, soit qu'elle s'échappe pendant toute la course du piston en se détendant.

Or, si nous multiplions la surface S en mètre carré du piston par la tension en kilogramme P, sur un mètre carré, de la vapeur qui va s'échapper, et si le produit est multiplié à son tour par la longueur en mètre L parcourue par le piston pendant le temps que la vapeur s'échapperait du cylindre si la tension restait constante, nous obtiendrons en kilogrammètres la contrepression r de la vapeur sur le piston ; ainsi :

$$r = S\,P\,L.$$

Les valeurs de S et P sont faciles à obtenir ; mais il n'en est pas de même de la longueur L. En effet, pour obtenir la longueur en mètre parcourue par le piston pendant le temps que la vapeur s'échapperait du cylindre, si sa tension initiale restait invariable, nous devons : 1° calculer le volume de vapeur qui s'échapperait du cylindre en une seconde, si la tension de cette vapeur restait constante pendant tout le temps de son passage à l'air extérieur ; 2° diviser ce volume de vapeur par la capacité du cylindre, ce qui donnera le nombre de fois que le cylindre se viderait en une seconde ; 3° diviser la longueur en mètre parcourue par le piston en une seconde par le nombre de fois que le cylindre se viderait dans le même temps, ce qui donnera définitivement pour résultat la longueur en mètre parcourue par le piston pendant le temps que le cylindre se viderait.

§ XXV. Un exemple développera encore mieux nos idées. Nous supposerons au cylindre à vapeur $1^m,50$ de longueur pour la course du piston ; 2° $0^m,435$ pour diamètre au piston ; 3° $1^m,20$ de vitesse par seconde. Nous admettrons encore que l'orifice d'entrée et de sortie de la vapeur sur le cylindre mesure $0^m,161$ de longueur sur $0^m,037$ de largeur. La tension intérieure de la vapeur dans le cylindre étant de 4 atmosphères, si cette vapeur agit à pleine pression pendant le quart de la course du piston et continue le mouvement par détente, il lui restera une atmosphère de tension à la fin de la course, et c'est avec cette tension, que nous supposerons constante, qu'elle sortira du cylindre.

Nous devons, en premier lieu, calculer la vitesse d'écoulement de la vapeur que nous obtiendrons par la formule du § XVI :

$$V = \sqrt{2g \left\{ \frac{P}{d} - \frac{P'}{d'} \right\}}.$$

Puisque la pression intérieure de la vapeur, avant la détente, est de 41332 kilogrammes, la densité de cette vapeur est de $2^k,1072$; mais vers la fin de la course du piston, la tension de la vapeur n'étant plus que d'une atmosphère, se trouve représentée par 10333 kilogrammes, et sa densité se trouve réduite à $0^k,5913$.

D'autre part, la pression atmosphérique est de 10333 kilogrammes sur un mètre carré de surface ; ainsi, $P' = 10333^k$, comme aussi la densité moyenne d' de l'air atmosphérique est, ainsi que nous l'avons déjà vu au § XVI, de $0^k,6579$. Par conséquent, en nous conformant au § XVII, qui, pour cette circonstance, fixe le coefficient de réduction de la vitesse à 0.92, nous aurons :

$$V = 0.92 \sqrt{19.62 \left\{ \frac{10333^k}{0^k,5913} - \frac{10333^k}{0^k,6579} \right\}} = 171^m,40.$$

Dans l'estimation de la vitesse de la vapeur qui s'échappe du cylindre, nous avons supposé cette vapeur dans son état normal ; mais généralement la vapeur passant de la chaudière dans le cylindre entraîne avec elle une certaine quantité d'eau.

« L'eau introduite dans le cylindre y joue un rôle essentiellement nuisible ; les résultats constatés par l'expérience prouvent jusqu'à quel point elle augmente la pression derrière le piston, pour se réduire en vapeur lorsque la tension diminue pendant la période d'échappement. Elle absorbe une quantité considérable de chaleur latente qu'elle emprunte à la masse même du cylindre et du piston et qui ne leur est restituée que par la condensation d'une quantité équivalente de vapeur arrivant de la chaudière. Elle augmente la densité de la vapeur, et, par suite, les frottements dans les conduites, et empêche de profiter dans le cylindre de toute la pression qui correspond à la tension de la vapeur dans la chaudière.

» L'entraînement de l'eau, indépendamment de ses effets mécaniques, a encore pour résultat de faire perdre une partie de la vapeur produite dans la chaudière qui se condense à son entrée dans le cylindre. La condensation de la vapeur dans le cylindre, indépendamment de l'entraînement mécanique, contribue pour beaucoup à mettre la dépense d'eau hors de proportion avec celle de la vapeur. La détente doit aussi donner lieu à une condensation considérable, en déterminant la vaporisation de l'eau liquide entraînée dans le cylindre, et, par suite, en refroidissant les parois du cylindre et du piston, de telle sorte que la vapeur qui arrive de la chaudière doit se condenser en partie pour réparer ces pertes de chaleur, et la même chose a lieu pour l'échappement (1). »

Par toutes ces causes, il est facile de concevoir que le coefficient de réduction de la vitesse d'écoulement de la vapeur dépassera bien rarement la valeur de celui que nous avons fixé. Il conviendra donc d'observer attentivement l'état de la vapeur rejetée dans l'atmosphère, avant de fixer la valeur de ce coefficient. Ainsi, dans le calcul de la contrepression de la vapeur sur le piston, il faut rigoureusement prendre en considération la densité de la vapeur, selon la quantité d'eau plus ou moins grande qu'elle entraîne dans le cylindre, et aussi selon la condensation qui s'y opère et d'où résulte une obstruction des orifices et des tuyaux d'échappement qui ralentit considérablement la vitesse d'écoulement de la vapeur. Néanmoins, jusqu'à ce que des expériences directes aient fixé la véritable valeur du coefficient de réduction de la vitesse, nous conserverons celui auquel nous nous sommes arrêté.

Dans l'exemple précité, en supposant que la tension de la vapeur soit constante pendant tout le temps qu'elle s'échappe du cylindre, sa vitesse d'écoulement serait de $171^{m},40$ par seconde. Or, si nous prenons en considération les changements très-brusques de direction dans les conduites qu'elle doit parcourir pour passer à l'air libre, nous maintiendrons le coefficient de contraction de la veine fluide 0.65, déjà fixé § XVIII, et il viendra pour le volume Q de vapeur qui serait évacuée en une seconde :

$$Q = 0.65\ S\ V.$$

(1) Lechatellier, Flachat, Petiet et Polonceau.

Cherchons donc la section S de l'orifice de sortie. Nous venons de voir que cet orifice de sortie sur le cylindre mesure $0^m,161$ de longueur sur $0^m,037$ de largeur; donc sa section est exprimée par :

$$S = 0^m,161 \times 0^m,037 = 0^{m2},005957.$$

Mais nous devons considérer que l'orifice d'échappement ne s'ouvre pas instantanément et qu'il ne reste pas entièrement ouvert pendant toute la course du piston. Nous pensons donc qu'en prenant les sept huitièmes de cette section, nous ne nous éloignerons pas trop de la vérité.

Ainsi, nous aurons pour la section réduite :

$$S = \frac{0^{m2},005957 \times 7}{8} = 0^{m2},005212.$$

Le volume de vapeur évacuée en une seconde sera donc donné par :

$$Q = 0.65 \times 0^{m2},005212 \times 171^m,40 = 0^{m3},58066892.$$

De sorte que, si la tension de la vapeur qui s'échappe du cylindre restait à une atmosphère pendant tout le temps de son passage à l'air extérieur, le volume de vapeur qui s'échapperait en une seconde serait de $0^{m3},58066892$.

Nous devons maintenant estimer le volume engendré par le piston dont le diamètre extérieur est $0^m,435$ et la longueur de la course $1^m,50$; ainsi :

$$v = \pi R^2 H = 3.14159 (0^m,2175)^2 \, 1^m,50 = 0^{m3},222926.$$

Mais le volume engendré par le piston se complique ici des espaces nuisibles ou perdus et, de plus, des fuites de vapeur qui ont lieu entre le cylindre et le piston. En effet, le volume de vapeur qui doit s'échapper à l'air extérieur ne comprend pas seulement le volume engendré par le piston, mais encore le volume de vapeur contenu entre le cylindre et le piston à l'extrémité de sa course, comme aussi tout le volume de vapeur contenu dans le canal d'alimentation, à partir de la boîte à vapeur jusqu'à son embouchure dans le cylindre.

D'un autre côté, les fuites de vapeur qui ont lieu entre le cylindre et le piston augmentent naturellement la tension de la vapeur qui passe à l'air extérieur ou dans le condenseur ; mais nous traduirons cette augmentation de tension par une augmentation de volume d'une valeur équivalente.

« Une des causes les plus importantes à ajouter à celles qui faussent les résultats prévus pour la dépense de vapeur et de combustible, est ce que l'on appelle les espaces nuisibles ou perdus.

» Lorsqu'on dit le volume engendré par le piston et qu'on base là-dessus la dépense de vapeur, on commet une erreur, en ce sens que le piston ne pouvant être, à l'extrémité de sa course, tout à fait en contact avec les fonds du cylindre, il laisse un vide qui se remplit de vapeur, lequel s'ajoute nécessairement au volume réellement engendré par le piston, et auquel il faut encore ajouter le volume du canal d'arrivée qui est également plein de vapeur (1). »

Dans l'état actuel des machines à vapeur, les espaces nuisibles dont nous venons de parler peuvent être estimés sans erreur sensible à un vingt-quatrième du volume engendré par le piston, et, en prenant en considération les fuites de vapeur, nous porterons à un quinzième du volume engendré par le piston et les espaces nuisibles et les fuites de vapeur. Toutefois, si le piston était dans un mauvais état, cette valeur pourrait atteindre le dixième et même le cinquième du volume engendré par le piston.

Mais ici nous supposerons la machine d'une bonne construction et en très-bon état d'entretien, de sorte que nous fixerons cette valeur au quinzième du volume engendré par le piston. Il en résulte que nous aurons, pour le volume de vapeur v' qui doit s'échapper à l'air extérieur :

$$v' = v + \frac{v}{15} = 0^{m3},222926 + \frac{0^{m3},222926}{15} = 0^{m3},237788.$$

Si, par ce volume v', nous divisons le volume Q de la vapeur qui s'échapperait en une seconde, nous obtiendrons le nombre de fois que le cylindre se viderait en une seconde. Ainsi nous aurons :

$$\frac{0^{m3},58066892}{0^{m3},237788} = 2.442.$$

(1) Armengaud aîné.

Le cylindre se viderait donc 2.442 fois en une seconde, si la tension de la vapeur se maintenait constante depuis le commencement de son passage à l'air libre jusqu'à la fin. Mais il est surtout essentiel de déterminer le nombre de fois que le volume de vapeur introduit dans le cylindre, en une seconde, s'écoulerait dans le même temps, si la vapeur qui s'enfuit conservait la tension qu'elle possède au commencement de son écoulement. Pour cela, il suffit de diviser le nombre de fois que le cylindre se viderait en une seconde par le nombre des courses simples du piston dans le même temps ; ainsi, dans l'exemple précédent, le nombre des courses simples par seconde étant $0.80 = \frac{48}{60}$, nous aurons :

$$\frac{2.442}{0.80} = 3.0525.$$

Ce chiffre montre que le volume de vapeur introduit dans le cylindre en une seconde s'écoulerait 3.0525 fois dans le même temps, si la tension de la vapeur qui s'échappe ne s'abaissait pas pendant son écoulement. Or, si nous divisons la longueur $1^m,20$ parcourue par le piston en une seconde par le nombre de fois 3.0525, que le volume de vapeur introduit dans le cylindre en une seconde se viderait dans le même temps, nous obtiendrons la longueur en mètre L parcourue par le piston pendant que ce volume de vapeur s'échapperait, si cette vapeur restait à sa tension initiale. De sorte que nous aurons :

$$L = \frac{1^m,20}{3.0525} = 0^m,3931.$$

Nous observerons maintenant qu'en multipliant la longueur $1^m,50$ de la course du piston par le nombre de fois 2.442 que le cylindre se viderait en une seconde, si la tension de la vapeur se maintenait constante pendant tout le temps de son passage à l'air libre, nous obtiendrons la vitesse par seconde que le piston devrait avoir pour maintenir uniforme la tension de la vapeur qui s'échappe du cylindre, vitesse donnée par :

$$2.442 \times 1^m,50 = 3^m,663.$$

De telle sorte que, si le piston avait une vitesse de $3^m,663$ par seconde, la vapeur qui s'échappe conserverait dans le cylindre sa tension initiale d'une atmosphère pendant tout le temps qu'elle passe à l'air libre.

Mais dans l'estimation du nombre de fois que le volume de vapeur introduit dans le cylindre en une seconde s'écoulerait dans le même temps, si la tension de la vapeur restait constante pendant tout le temps qu'elle passe à l'air libre, nous n'avons pas pris en considération le mouvement du piston dans le cylindre. Cependant le piston, dans son mouvement contre la vapeur qui s'échappe, resserre de plus en plus l'espace que cette vapeur occupait au commencement de l'échappement, et tend par là à maintenir sa tension uniforme. Or, puisque nous savons que la vapeur conserverait une tension uniforme, si le piston avait une vitesse de $3^m,663$ par seconde, nous pouvons donc estimer quelle serait la longueur rectifiée parcourue par le piston, pendant que le volume de vapeur introduit dans le cylindre en une seconde s'échapperait, si la tension de cette vapeur restait constante pendant tout le temps de son évacuation et en prenant en considération le mouvement du piston contre cette vapeur. Cette longueur rectifiée L de la course du piston pendant le temps de l'évacuation de la vapeur à pression constante, sera donnée par :

$$L = 0^m,3931 + \frac{1^m,20 \times 0^m,3931}{3^m,663 \times 1^m,50} = 0^m,4791.$$

Il ne reste plus qu'à multiplier cette longueur de course du piston $0^m,4791$ par la pression initiale de la vapeur qui s'échappe et par la surface du piston, et il viendra définitivement pour la résistance r en kilogrammètres de la vapeur contre le piston :

$$r = P\,L\,(\pi R^2) = 10333^k \times 0^m,4791 \,\{(0^m,2175)^2\; 3.14159\} = \\ = 735^{km},734.$$

La contrepression de la vapeur sur le piston est donc de 735.734 kilogrammètres. En divisant cette valeur par 75 kilogrammètres, nous obtiendrons en chevaux-vapeur cette résistance de la vapeur contre le piston :

$$\frac{735^{km},734}{75^{km}} = 9.81 \text{ chevaux-vapeur.}$$

En divisant par la surface du piston le travail en kilogrammètres de la vapeur qui s'échappe du cylindre, et en divisant de nouveau le produit par la vitesse par seconde de ce piston, nous obtiendrons en kilogrammes, sur un mètre carré de surface, la tension moyenne p de la vapeur qui s'échappe à l'air extérieur ; ainsi nous aurons :

$$p = \frac{735^{km},734 \div 0^{m2},148617}{1^{m},20} = 4125^{k},4\,;$$

ce qui donne un peu moins de deux cinquièmes d'atmosphère pour la tension moyenne de la vapeur qui s'échappe du cylindre à l'air extérieur.

§ XXVI. Voyons maintenant quelle serait la contrepression, si la vapeur agissait à pleine pression pendant toute la course du piston. La tension intérieure de la vapeur qui s'échappe du cylindre, dès l'ouverture de l'orifice, étant de 4 atmosphères, la pression sur un mètre carré de surface est, par conséquent, de 41332 kilogrammes, et la densité de cette vapeur est de $2^{k},1072$; de sorte qu'en nous conformant à la formule :

$$V = 0.92 \sqrt{2\,g\left\{\frac{p}{d} - \frac{p'}{d'}\right\}}$$

il viendra pour la vitesse d'écoulement de la vapeur, en supposant sa tension constante :

$$V = 0.92 \sqrt{19.62\left\{\frac{41332^{k}}{2^{k},1072} - \frac{10333^{k}}{0^{k},6579}\right\}} = 254^{m},78.$$

Ainsi, en supposant que la tension de la vapeur soit à 4 atmosphères pendant tout le temps qu'elle s'échappe du cylindre, sa vitesse d'écoulement serait de $254^{m},78$ par seconde.

Nous aurons donc, pour le volume Q de la vapeur évacuée en une seconde :

$$Q = m\ S\ V.$$

Nous avons déjà vu que le coefficient de contraction m devait être porté à 0.65. Or, puisque la section de l'orifice de sortie sur le cylindre est $0^{m2},005212$, il vient :

$$Q = 0.65 \times 0^{m2},005212 \times 254^{m},78 = 0^{m3},863135.$$

De sorte que, si la tension de la vapeur qui s'échappe du cylindre restait à 4 atmosphères, le volume de vapeur évacuée en une seconde serait $0^{m3},863135$.

Le cylindre ayant $0^{m},435$ de diamètre intérieur, et la course du piston étant de $1^{m},50$, nous obtiendrons le volume de vapeur qui doit s'échapper à l'air extérieur par :

$$v' = v + \frac{v}{15} = 3.14159\ (0^{m},2175)^2\ 1^{m},50 +$$
$$+ \frac{3.14159\ (0^{m},2175)^2\ 1^{m},50}{15} = 0^{m3},237788.$$

Si, par ce volume v', nous divisons le volume de vapeur évacuée en une seconde, nous obtiendrons le nombre de fois que le cylindre se viderait en une seconde ; ainsi nous aurons :

$$\frac{0^{m3},863135}{0^{m3},237788} = 3.63.$$

Le cylindre se viderait donc 3.63 fois en une seconde, si la tension de la vapeur qui s'écoule se maintenait à 4 atmosphères. Mais le nombre de fois que le volume de vapeur introduit dans le cylindre en une seconde s'échapperait dans le même temps, sera donné par :

$$\frac{3.63}{0.8} = 4.5375.$$

Ce chiffre montre que le volume de vapeur introduit dans le cylindre en une seconde s'écoulerait 4.5375 fois dans le même temps, si la tension de la vapeur qui s'échappe se maintenait à 4 atmosphères pendant tout le temps de son écoulement. Par suite, en divisant la longueur $1^{m},20$ parcourue par le piston en une seconde par 4.5375, nous obtiendrons la longueur en mètres parcourue par le piston, pendant que le volume de vapeur introduit dans le cylindre en une seconde s'échapperait, si la pression de cette vapeur restait constante pendant tout le temps de son évacuation ; de sorte qu'il viendra pour L :

$$L = \frac{1^{m},20}{4.5375} = 0^{m},265.$$

Mais en prenant en considération le mouvement du piston contre la vapeur qui s'échappe du cylindre, nous aurons, pour la longueur L rectifiée :

$$L = 0^m,265 + \frac{1^m,20 \times 0^m,265}{3.63 \times 1^m,50} = 0^m,3234.$$

De telle sorte que, si la vapeur restait, pendant tout le temps de son écoulement, à sa tension initiale de 4 atmosphères, la longueur rectifiée parcourue par le piston, pendant le temps que le volume de vapeur introduit en une seconde dans le cylindre s'échapperait, serait de $0^m,3234$. Ainsi, en multipliant cette longueur de course $0^m,3234$ par la pression de la vapeur au commencement de son écoulement et par la surface du piston, nous aurons définitivement la contrepression de la vapeur en kilogrammètres :

$$r = P\,L\,(\pi\,R^2) = 0^m,3234 \times 41332^k \left\{ (0^m,2175)^2\ 3.14159 \right\} =$$
$$= 1986^{km},5291.$$

Si nous divisons la contrepression en kilogrammètres ci-dessus par 75 kilogrammètres, nous obtiendrons en chevaux-vapeur la résistance contre le piston :

$$\frac{1986^{km},5291}{75^{km}} = 26.487 \text{ chevaux-vapeur}.$$

En divisant par la surface du piston le travail en kilogrammètres de la vapeur qui s'échappe du cylindre, et en divisant de nouveau le produit par la vitesse par seconde de ce piston, nous obtiendrons en kilogrammes, sur un mètre carré de surface, la tension moyenne p de la vapeur qui s'enfuit du cylindre ; de sorte que :

$$p = \frac{1986^{km},5291 \div 0^{m2},148617}{1^m,20} = 11138.97 \text{ kilogrammes};$$

ce qui donne un peu plus d'une atmosphère pour la tension moyenne de la vapeur qui s'échappe du cylindre.

Ce résultat nous confirme qu'il y a un très-grand avantage à admettre la détente de la vapeur pendant une partie de la course du piston, afin de diminuer la contrepression.

§ XXVII. Nous allons maintenant rechercher quelle est la contrepression dans les machines locomotives à grande vitesse, dans une locomotive Crampton, par exemple.

Le diamètre des pistons est de $0^m,40$; la longueur de la course, $0^m,55$; et le nombre des courses simples par minute, 400 ; ce qui revient à dire que la vitesse des pistons est de $3^m,667$ par seconde.

Nous déterminerons la contrepression, la machine marchant à pleine pression pendant toute la course des pistons. Or, comme nous supposons la vapeur à 6 atmosphères, la tension de la vapeur qui s'échappe est, par conséquent, de 61998 kilogrammes, et la densité de cette vapeur, $3^k,052$; de sorte que, en nous conformant à la formule du § XVI, il viendra, pour la vitesse d'écoulement de la vapeur, en supposant sa tension uniforme pendant tout le temps de son évacuation :

$$V = 0.92 \sqrt{19.62 \left\{ \frac{61998^k}{3^k,052} - \frac{10333^k}{0^k,6579} \right\}} = 276^m,62.$$

Ainsi, en supposant que la tension de la vapeur se maintienne à 6 atmosphères pendant tout le temps de son évacuation du cylindre, la vitesse d'écoulement de cette vapeur passant à l'air extérieur serait de 277 mètres par seconde.

Le coefficient de contraction de la veine fluide étant, comme précédemment, de 0.65, et la section de l'orifice sur le cylindre, $0^{m2},0136 = 0^m,04 \times 0^m,34$, nous aurons, pour le volume de vapeur écoulée en une seconde :

$$Q = 0,65 \frac{0^{m2},0136 \times 7}{8} \times 277^m = 2^{m3},1426.$$

Venons maintenant au volume de vapeur engendré par le piston. Puisque le cylindre mesure $0^m,40$ de diamètre, et que la course du piston est de $0^m,55$, nous aurons :

$$v = \pi R^2 H = 3.14159 \, (0^m,2)^2 \, 0^m,55 = 0^{m3},069115.$$

$$\text{Par suite : } v' = v + \frac{v}{15} = 0^{m3},069115 + \frac{0^{m3},069115}{15} = $$
$$= 0^{m3},0737.$$

Si, par ce volume v', nous divisons le volume de vapeur écoulé du cylindre en une seconde, nous obtiendrons le nombre de fois que le cylindre se viderait en une seconde ; ainsi nous aurons :

$$\frac{2^{m3},1426}{0^{m3},0737} = 29.072\ ;$$

c'est-à-dire que le cylindre se viderait 29.072 fois en une seconde, si la tension de la vapeur se maintenait à 6 atmosphères.

Mais il est surtout essentiel de déterminer le nombre de fois que le volume de vapeur introduit dans le cylindre en une seconde s'échapperait dans le même temps, si la vapeur conservait la tension qu'elle possède au commencement de son écoulement. Pour cela, il suffit de diviser le nombre de fois que le cylindre se viderait en une seconde par le nombre des courses simples du piston dans le même temps ; ainsi, le nombre des courses simples du piston par seconde étant $6,667 = \frac{400}{60}$, nous aurons :

$$\frac{29.072}{6.667} = 4.36.$$

Par suite, en divisant la longueur $3^m,667$ parcourue par le piston en une seconde par 4.36, nous obtiendrons la longueur en mètre que le piston pourrait parcourir pendant que le volume de vapeur introduit dans le cylindre en une seconde s'en échapperait, si la tension de la vapeur se maintenait à 6 atmosphères pendant tout le temps de son écoulement ; de sorte qu'il viendra pour L :

$$L = \frac{3^m,667}{4.36} = 0^m,841.$$

Mais en prenant en considération le mouvement du piston contre la vapeur qui s'enfuit, nous aurons, pour la longueur L rectifiée :

$$L = 0^m,841 + \frac{3^m,667 \times 0^m,841}{29.072 \times 0^m,55} = 1^m,034.$$

De telle sorte que, si la vapeur restait, pendant tout le temps de son évacuation, à 6 atmosphères de tension, la longueur rectifiée parcourue par le piston, pendant l'écoulement de la vapeur admise dans le cylindre en une seconde, serait de $1^m,034$. Ainsi, en multipliant cette longueur de course du piston par la pression de la vapeur à 6 atmosphères et par la surface du piston, nous aurons définitivement la contrepression de la vapeur en kilogrammètres :

$$r = P\,L\,(\pi\,R^2) = 61998^k \times 1^m,034 \;\{ (0^m,2)^2\; 3.14159 \} =$$
$$= 8055^{km},791.$$

Si nous divisons $8055^{km},791$ par 75 kilogrammètres, nous aurons la contrepression en chevaux-vapeur :

$$\frac{8055^{km},791}{75^{km}} = 107.41 \text{ chevaux-vapeur.}$$

Il est inutile d'observer que nous n'avons calculé la contrepression que pour un seul cylindre de la locomotive Crampton, en supposant nulle l'avance à l'échappement et la machine marchant à pleine pression pendant toute la course.

§ XXVIII. Nous avons pensé qu'il serait également intéressant d'examiner quelle est la contrepression dans les machines à vapeur à basse pression, ou, en d'autres termes, de rechercher si la tension dans le cylindre est égale à celle qui a lieu dans le condenseur.

Afin d'abréger, nous supposerons au cylindre le même volume intérieur et les mêmes orifices que dans les deux premiers exemples, et à la course du piston, $1^m,50$ également. Or, si nous supposons la tension de la vapeur qui passe du cylindre au condenseur à 1.30 atmosphères, comme cela a lieu dans la plupart des machines à basse pression, la tension P de cette vapeur sur un mètre carré de surface sera de 13429 kilogrammes, et sa densité, $0^k,7531$. De même, la tension intérieure de la vapeur dans le condenseur étant de 1500 kilogrammes sur un mètre carré de surface, sa densité sera de $0^k,098$. Par conséquent, en nous conformant à la formule du § XVII :

$$V = 0.92\sqrt{2g\,\frac{P - P'}{d}},$$

nous aurons, pour la vitesse d'écoulement de la vapeur qui passe au condenseur :

$$V = 0.92 \sqrt{19.62 \left\{ \frac{13429^{k} - 1500^{k}}{0^{k},7531} \right\}} = 512^{m},863.$$

La section réduite de l'orifice de sortie étant, comme précédemment, de $0^{m2},005212$, il viendra, pour le volume de vapeur écoulée en une seconde :

$$Q = 0.65 \times 0^{m2},005212 \times 513^{m} = 1^{m3},7379414.$$

Nous avons déjà vu que le volume de vapeur à évacuer est de $0^{m3},237788$. Or si, par ce volume, nous divisons celui de la vapeur qui s'échapperait en une seconde, nous obtiendrons le nombre de fois que le cylindre se viderait en une seconde ; ainsi :

$$\frac{1^{m3},7379414}{0^{m3},237788} = 7.3 ;$$

ce qui prouve que le cylindre se viderait 7.3 fois en une seconde, si la tension de la vapeur se maintenait à 1.3 atmosphères, depuis le commencement de son passage au condenseur jusqu'à la fin. Mais le nombre de fois que le volume de vapeur introduit dans le cylindre en une seconde s'échapperait dans le même temps sera donné par :

$$\frac{7.3}{0.8} = 9.125.$$

Par suite, si nous divisons la longueur $1^{m},20$ parcourue par le piston en une seconde par le nombre de fois 9.125 que le volume de vapeur introduit dans le cylindre en une seconde se viderait dans le même temps, nous obtiendrons la longueur en mètre L, parcourue par le piston, pendant que ce volume de vapeur s'échapperait, si cette vapeur qui s'écoule restait à sa tension initiale ; de sorte que nous aurons :

$$L = \frac{1^{m},20}{9.125} = 0^{m},1315.$$

Mais en prenant en considération le mouvement du piston contre la vapeur qui passe au condenseur, il viendra, pour la longueur L rectifiée :

$$L = 0^{m},1315 + \frac{1^{m},20 \times 0^{m},1315}{7.3 \times 1^{m},50} = 0^{m},1459.$$

Multipliant enfin cette course du piston par la pression de la vapeur au commencement de son passage au condenseur et par la surface du piston, nous aurons définitivement la contrepression en kilogrammètres :

$$r = P\,L\,(\pi R^2) = 0^{m},1459 \times 13429^{k} \;\{\, (0^{m},2175)^2\ 3.14159 \,\}\; = \\ = 291^{km},185.$$

En divisant par la surface du piston la contrepression en kilogrammètres ci-dessus, et en divisant de nouveau le produit par la vitesse par seconde du piston, nous obtiendrons en kilogrammes, sur un mètre carré de surface, la tension moyenne p de la vapeur qui passe au condenseur ; de sorte que :

$$p = \frac{291^{km},185 \div 0^{m2},148617}{1^{m},20} = 1632^{k},75.$$

Ainsi, la tension moyenne de la vapeur qui passe du cylindre au condenseur est de $0^{k},163275$ par centimètre carré de surface, tandis que, dans le condenseur, cette tension n'est que de $0^{k},15$.

Il nous reste encore à examiner quelle serait la contrepression dans une machine à vapeur à haute pression, avec détente et condensation. Par exemple, admettons que la vapeur à 4 atmosphères soit admise dans le cylindre d'une machine pendant le quart seulement de la course du piston, et qu'après avoir agi par détente jusqu'à la fin de la course, elle soit ensuite introduite dans le condenseur. Il est évident que, dans cette situation, la vapeur, à la fin de la course du piston, n'aura plus que le quart de sa tension primitive, c'est-à-dire qu'il ne lui restera plus qu'une atmosphère de tension. Il importe donc de calculer quelle sera la contrepression de cette vapeur pendant son passage au condenseur.

En supposant que la vapeur agisse dans une machine semblable à celle des exemples précédents, nous aurons à constater les relations suivantes :

La tension de la vapeur, au commencement de son passage au condenseur, étant d'une atmosphère, $P = 10333^k$;

Par conséquent, la densité de cette vapeur $d = 0^k,5913$;

Le volume de vapeur passant au condenseur à chaque course du piston $v' = 0^{m3},237788$;

La section de l'orifice de sortie sur le cylindre $S = 0^{m2},005212$.

Sur ces données, et en admettant que la tension dans le condenseur soit de $0^k,10$, nous déterminerons en premier lieu la vitesse d'écoulement de la vapeur passant du cylindre au condenseur :

$$V = 0.92\sqrt{19.62\left\{\frac{10333^k - 1000^k}{0^k,5913}\right\}} = 511^m,97.$$

Le volume de vapeur passant du cylindre au condenseur, en supposant que sa tension se maintienne à une atmosphère pendant tout le temps de son écoulement, aura pour valeur :

$$Q = 0.65 \times 0^{m2},005212 \times 512^m = 1^{m3},7345536.$$

Si nous divisons ce volume de vapeur par celui qui doit être expulsé du cylindre à chaque course du piston, nous obtiendrons le nombre de fois que le cylindre se viderait en une seconde :

$$\frac{1^{m3},7345536}{0^{m3},237788} = 7.2945.$$

Mais le nombre de fois que le volume de vapeur introduit dans le cylindre en une seconde s'échapperait dans le même temps, si la tension se maintenait constante, sera donné par :

$$\frac{7.2945\,.\,.}{0.8} = 9.117\,.\,.$$

Par suite, si nous divisons la longueur $1^m,20$ parcourue par le piston en une seconde par le nombre de fois 9.117, nous obtiendrons la longueur en mètre L que le piston pourrait parcourir pendant que le volume de vapeur introduit en une seconde s'échapperait, si la pression de cette vapeur restait invariable pendant tout le temps de son écoulement :

$$L = \frac{1^m,20}{9.117} = 0^m,13158.$$

Mais en prenant en considération le mouvement du piston contre la vapeur qui s'échappe, et en nous rappelant d'ailleurs que la course du piston est de $1^m,50$, nous aurons :

$$L = 0^m,13158 + \frac{1^m,20 \times 0^m,13158}{7.117 \times 1^m,50} = 0^m,146.$$

Multipliant enfin cette longueur de course $0^m,146$ par la pression de la vapeur, au commencement de son passage au condenseur, et par la surface du piston, nous aurons définitivement la contrepression de la vapeur en kilogrammètres :

$$r = P\,L\,(\pi\,R^2) = 10333^k \times 0^m,146 \;\{ (0^m,2175)^2\; 3.14159 \} = \\ = 224^{km},206.$$

En divisant par la surface du piston le travail en kilogrammètres ci-dessus, et en divisant de nouveau le produit par la vitesse par seconde du piston, nous obtiendrons en kilogrammes, sur un mètre carré de surface, la tension moyenne p de la vapeur qui passe au condenseur :

$$p = \frac{224^{km},206 \div 0^{m2},148617}{1^m,20} = 1257^k,18.$$

Nous allons maintenant aborder la question du travail dynamique, développé par la vapeur, et de celui utilisé dans les machines le plus généralement en usage.

Détermination de la quantité de travail que peuvent transmettre les machines à vapeur.

§ XXIX. Si, comme précédemment, nous désignons par P la pression intérieure en kilogrammes que la vapeur peut exercer sur un mètre carré de surface, par v le volume de cette vapeur avant la détente, et enfin par v_1 le volume de cette même vapeur après la détente, nous aurons le travail en kilogrammètres de cette vapeur sur le piston par :

$$K^m = P\,v\left(\text{log. hyp.}\,\frac{v_1}{v} + 1\right).$$

C'est bien là, en effet, le travail en kilogrammètres de la vapeur sur le piston, mais le travail théorique. Malheureusement une foule de causes viennent modifier ce résultat théorique. Ces causes sont les résistances passives, et ces résistances passives sont de plusieurs natures. Une des plus puissantes est, sans contredit, la contrepression de la vapeur sur le piston. En effet, la vapeur, après son action sur le piston d'une machine, est un obstacle réel à son mouvement. Nous avons appelé r cette première résistance passive, résistance dont nous avons déterminé la valeur dans le chapitre précédent.

La deuxième cause de réduction du travail théorique réside dans les résistances engendrées par le frottement de toutes les pièces mobiles de la machine. Cette deuxième résistance passive, désignée par la lettre r', est, sans contredit, la plus considérable de toutes.

Nous aurons à nous occuper aussi des résistances passives qui résultent : 1° des fuites de vapeur ; 2° des espaces perdus ou nuisibles ; et 3° de la condensation qui a lieu dans le cylindre, par suite de refroidissements et autres causes déjà énumérées au § XXV.

De sorte que, la formule générale pour toutes les machines à vapeur avec ou sans condensation et avec ou sans détente sera exprimée par :

$$K^{m} = P\ v \left(\text{log. hyp. } \frac{v_1}{v} + 1 \right) - (r + r').$$

Toutefois, nous devons dire que cette quantité de travail se rapporte seulement à celle dont la machine est capable dans une course simple du piston. Mais, comme généralement le travail des machines à vapeur se détermine dans l'unité de temps, en appelant n le nombre des courses simples du piston dans une minute, cette quantité de travail dans une seconde sera :

$$K^{m} = \frac{n}{60}\ P\ v \left(\text{log. hyp. } \frac{v_1}{v} + 1 \right) - (r + r').$$

Nous devons, avant tout, déterminer quelle est la véritable tension de la vapeur dans le cylindre ; car il est matériellement impossible que la tension de la vapeur dans le cylindre soit la même que dans la chaudière. Pour qu'il en soit ainsi, il faudrait annuler la vitesse de la vapeur qui passe du générateur dans le cylindre, car toute vitesse provient d'une différence de tension entre la vapeur du générateur et celle du cylindre. Si la tension était la même de part et d'autre, évidemment la vitesse serait nulle.

Nous avons vu quelque part, § XVII, que la vitesse de la vapeur est la plus grande possible, lorsqu'elle passe du récipient qui la renferme dans un autre récipient où l'on fait le vide. Mais lorsque la vitesse de la vapeur est la plus grande possible, la tension de cette vapeur, dans le vase où elle passe, est la plus petite possible; or donc, la tension de la vapeur, dans le vase où elle s'introduit, est en raison inverse de la vitesse d'entrée de cette vapeur. Il en résulte que, dans les machines qui nous occupent, plus la vitesse d'entrée de la vapeur dans le cylindre est grande, moins sa tension s'y trouve élevée.

En nommant S la surface du piston, σ la surface de l'orifice d'introduction sur le tiroir, et u la vitesse par seconde du piston, la vitesse V d'introduction de la vapeur dans le cylindre sera donnée par :

$$V = u \frac{S}{\sigma}.$$

Mais ici la tension de la vapeur dans le cylindre se complique des espaces nuisibles, des fuites de vapeur et de la condensation accidentelle dans le cylindre. Les espaces nuisibles, les fuites de vapeur et la condensation dans le cylindre, ont naturellement pour effet de diminuer la tension de la vapeur dans le cylindre. Nous avons déjà vu que les espaces nuisibles étaient d'un vingt-quatrième du volume engendré par le piston; si nous y joignons les fuites de vapeur et la condensation dans le cylindre, nous pourrons, sans erreur sensible, estimer le volume de vapeur détourné par toutes ces causes à un douzième du volume engendré par le piston dans une course simple de ce dernier. Encore faut-il pour cela admettre que la machine à vapeur soit d'une bonne construction et en bon état d'entretien.

Le volume de vapeur détourné produit naturellement une augmentation de vitesse d'introduction, et, par suite, une diminution de tension de la vapeur dans le cylindre. De sorte que nous aurons, pour la vitesse réelle $\bar{V}$ d'introduction de la vapeur dans le cylindre :

$$\bar{V} = v + \frac{v}{12}$$

Et il viendra, pour la véritable tension $\bar{P}$ de la vapeur dans le cylindre :

$$\bar{P} = \frac{p\left\{\frac{p}{d} - \frac{V^2}{2g}\right\}}{\left(\frac{p}{d}\right)}$$

Résistances engendrées par le frottement.

Les résistances passives r' engendrées par le frottement de toutes les pièces en mouvement d'une machine à vapeur sont exprimées par :

$$r' = \chi \frac{n}{60} \; P \; v \left\{ \text{log. hyp.} \; \frac{v_{,}}{v} + 1 \right\}.$$

χ est un coefficient variable, selon la construction plus ou moins parfaite de la machine, et en même temps selon l'état d'entretien de cette machine, comme aussi selon le travail qu'elle est capable de transmettre. On trouvera la valeur de ce coefficient dans les tables que nous donnons pour chaque genre de machine.

Machines à vapeur à haute pression, sans détente ni condensation.

§ XXX. Les machines à vapeur à haute pression, sans détente ni condensation, sont d'une construction plus simple que les machines à vapeur à condensation ; mais, d'un autre côté, ces machines sont plus sujettes à laisser fuir la vapeur que les machines à basse pression, et, en outre, la contrepression de la vapeur sur le piston est considérablement plus élevée que dans les machines à vapeur à détente, et surtout que dans celles à condensation. La quantité de travail en kilogrammètres dont une machine de ce genre est capable, est représentée par :

$$K^m = \frac{n}{60} \bar{P} v - (r + r').$$

Si nous avions à déterminer la quantité de travail en kilogrammètres que peut transmettre une machine à vapeur à haute pression, sans détente ni condensation, il faudrait déterminer avant tout : 1° le nombre n des courses simples du piston dans une minute ; 2° le diamètre intérieur du cylindre à vapeur, et, par suite, son rayon R ; 3° la longueur H de la course du piston ; 4° la pression intérieure en kilogrammes P de la vapeur sur un mètre carré de surface ; 5° la densité d de cette vapeur ; 6° la vitesse u du piston dans une seconde ; et 7° enfin, la surface σ de l'orifice d'introduction sur le tiroir à vapeur.

Si nous admettons que :

$n = 48$;
$R = 0^m,2175$;
$H = 1^m,50$;
$P = 41332^k$;
$d = 2^k,1072$;
$u = 1^m,20$;
$\sigma = 0^m,161 \times 0^m,019 = 0^{m2},003059$,

le volume v engendré par le piston sera donné par :

$$v = \pi R^2 H = 3.14159 (0^m,2175)^2 1^m,50 = 0^{m3},222926,$$

et la surface du piston par :

$$S = \pi R^2 = 3.14159 (0^m,2175)^2 = 0^{m2},148617.$$

§ XXXI. Nous allons déterminer maintenant quelle est la véritable pression de la vapeur dans le cylindre.

Nous avons déjà expliqué que l'ouverture moyenne d'introduction était toujours inférieure à la surface de l'orifice d'introduction, attendu que cet orifice ne s'ouvre pas et ne se ferme pas instantanément. Pour la machine à vapeur dont il est ici question, et qui est alimentée de vapeur depuis le commencement jusqu'à la fin de la course du piston, cette ouverture moyenne d'introduction sera à très-peu près les sept huitièmes de la surface de l'orifice d'introduction. De sorte que nous aurons, pour l'ouverture moyenne d'introduction de la vapeur dans le cylindre :

$$\bar{\sigma} = \frac{\sigma\ 7}{8} = \frac{0^{m2},003059 \times 7}{8} = 0^{m2},002676.$$

Par suite il viendra, pour la vitesse V d'introduction de la vapeur dans le cylindre :

$$V = u\frac{S}{\bar{\sigma}} = 1^{m},20\ \frac{0^{m2},148617}{0^{m2},002676} = 66^{m},66.$$

Mais en prenant en considération l'augmentation de vitesse qui résulte des espaces nuisibles, des fuites de vapeur et de la condensation dans le cylindre, nous obtiendrons la vitesse réelle d'introduction de la vapeur dans le cylindre par :

$$\bar{V} = V + \frac{V}{12} = 66^{m},66 + \frac{66^{m},66}{12} = 72^{m},22.$$

Il viendra donc, pour la véritable tension $\bar{P}$ de la vapeur dans le cylindre :

$$\bar{P} = \frac{41332^{k}\left\{\frac{41332^{k}}{2^{k},1072} - \frac{(72^{m},22)^{2}}{19.62}\right\}}{\left\{\frac{41332k}{2^{k},1072}\right\}} = 40772 \text{ kilogrammes.}$$

§ XXXII. Il s'agit maintenant de déterminer la valeur de la contrepression r; mais on trouvera, au § XXVI, cette détermination dans les mêmes circonstances que ci-dessus, contrepression dont la valeur est de $1986^{km},5291$.

§ XXXIII. D'un autre côté, pour la valeur des résistances r' dues au frottement, nous avons déjà expliqué que le coefficient χ était variable, selon l'état plus ou moins parfait des machines à vapeur, et aussi selon l'état d'entretien de ces machines. En effet, plus l'effort exercé par la vapeur est considérable, plus les frottements le deviennent aussi ; par conséquent, si les surfaces de frottement ne sont pas bien polies et entretenues, lubrifiées, les résistances s'accroissent d'une manière très-intense.

Les coefficients donnés par tous les auteurs ont été choisis pour déterminer la force en chevaux dont les machines à vapeur sont capables. Mais ce nombre de chevaux-vapeur étant inconnu, il en résulte que le choix du coefficient est très-embarrassant. Nos coefficients, au contraire, sont applicables au travail théorique en kilogrammètres du volume de vapeur engendré par le piston ; de sorte que le choix du coefficient ne présente aucune difficulté.

Table donnant la valeur du coefficient χ pour les machines à vapeur à haute pression, sans détente ni condensation.

TRAVAIL THÉORIQUE du VOLUME DE VAPEUR engendré par le piston.	MACHINES en très-bon état D'ENTRETIEN $\chi =$	MACHINES en état ordinaire D'ENTRETIEN $\chi =$
3200 kilogrammètres .	0.50	0.53
6400	0.48	0.51
9600	0.46	0.49
12800	0.44	0.47
16000	0.42	0.45
19200	0.40	0.43
22400	0.38	0.41
25600	0.36	0.39
28800	0.34	0.37
32000	0.32	0.35

De cette table il résulte que, pour la machine à vapeur dont nous nous entretenons et qui est supposée en très-bon état d'entretien, la valeur du coefficient χ est 0.47, attendu que le travail théorique du volume de vapeur engendré par le piston est de 7371 kilogrammètres ; de sorte qu'il viendra pour r' :

$$r' = 0.47 \frac{48}{60} 41332^{k} \times 0^{m3},222926 = 3464^{km},455.$$

Ce chiffre représente la somme des résistances passives engendrées par le frottement de toutes les pièces mobiles dont se compose cette machine.

Nous devons dire ici que la valeur des résistances par le frottement ne peut être calculée d'une manière rigoureusement exacte, attendu que ces résistances sont subordonnées non-seulement à la construction plus ou moins bien traitée d'une machine à vapeur, mais en même temps et surtout à son entretien plus ou moins bien soigné. D'après cette considération, nous ferons comprendre que la détermination du travail réel d'une machine à vapeur, sans être d'une exactitude absolue, sera cependant assez approchée pour les besoins de la pratique.

Dans toutes les machines où la vapeur arrive continuellement de la chaudière dans le cylindre pendant toute la course du piston, les fuites de vapeur, les espaces nuisibles et la condensation de la vapeur dans le cylindre ne peuvent pas être prises en considération, parce que, dans cette circonstance, toutes ces causes augmentent la dépense de vapeur, mais ne diminuent l'action de cette vapeur sur le piston que par la réduction de tension de cette vapeur dont nous avons déjà tenu compte. En effet, la vapeur perdue par ces trois causes est sans cesse renouvelée par celle qui arrive continuellement de la chaudière.

§ XXXIV. Il viendra donc, pour la quantité de travail en kilogrammètres dont la machine est capable :

$$K^m = \left(\frac{48}{60}\ 40772^k \times 0^{m3},222926\right) - (1986^{km},529 + 3464^{km},455) = 1820^{km},327.$$

Si nous divisons cette quantité de travail par 75 kilogrammètres, nous obtiendrons en chevaux-vapeur le travail que la machine peut transmettre :

$$\frac{1820^{km},327}{75^{km}} = 24.27.$$

Ainsi, la machine à vapeur ci-dessus, marchant à pleine pression pendant toute la course du piston, est capable de transmettre un travail de 24.27 chevaux-vapeur.

§ XXXV. Voulons-nous connaître les résistances r" ou pertes d'effet attribuées aux fuites de vapeur, aux espaces nuisibles et à la condensation dans le cylindre ? Dû travail absolu du volume de vapeur admis dans le cylindre dans une seconde, retranchons le travail théorique du volume de vapeur engendré par le piston en une seconde, le reste représentera les résistances r" ou pertes d'effet attribuées aux espaces nuisibles, aux fuites de vapeur et à la condensation qui a lieu dans le cylindre. Ainsi :

$$r'' = \left\{ \frac{n}{60} \, P \left(v + \frac{v}{12} \right) \right\} - \left\{ \frac{n}{60} \, \bar{P} \, v \right\},$$

qui, dans le cas actuel, devient :

$$r'' = \left\{ \frac{48}{60} \, 41332^{k} \times 0^{m3},2415 \right\} -$$

$$- \left\{ \frac{48}{60} \, 40772^{k} \times 0^{m3},222926 \right\} = 7985^{km},342 -$$

$$- 7271^{km},311 = 714^{km},031.$$

§ XXXVI. Maintenant, si nous désirons connaître le rapport de la force absolue du moteur à celle dont la machine est capable, nous aurons :

$$\frac{K^{m}}{\left(\frac{n}{60}\right) P \, (v + \underline{v})}$$

$\underline{v}$ représente ici : 1° le volume des espaces nuisibles comprenant la capacité qui existe entre le fond du cylindre et le piston à l'extrémité de sa course, et, en outre, la capacité du canal d'introduction de la vapeur dans le cylindre, canal compris depuis la boîte à vapeur jusqu'à son embouchure dans le cylindre ; 2° le volume des fuites de vapeur. Nous avons déjà vu, au § XXV, que le volume de ces deux pertes de vapeur était représenté par $\frac{v}{15}$; mais nous devons lui adjoindre le volume de vapeur condensé dans le cylindre, de sorte que le volume de vapeur détourné par ces trois causes sera représenté par $\frac{v}{12}$; ainsi nous aurons :

$$\frac{K^{m}}{\left(\frac{n}{60}\right) P \left(v + \frac{v}{12}\right)}.$$

La valeur de chacun des termes qui entrent dans l'expression de cette formule étant déjà connue, il viendra :

$$\frac{1820^{km},327}{\left(\frac{48}{60}\right) 41332^{k} \left(0^{m3},222926 + \frac{0^{m3},222926}{12}\right)} = 0.228.$$

Ce chiffre nous confirme que la force dont la machine à vapeur ci-dessus est capable n'atteint pas le quart de la force absolue du moteur.

Détermination du poids du combustible à brûler par heure pour obtenir la quantité de vapeur nécessaire aux machines à vapeur à haute pression, sans détente ni condensation.

§ XXXVII. Le poids en kilogrammes K du combustible à brûler par heure pour obtenir le volume de vapeur nécessaire à l'alimentation de la machine à vapeur dont nous nous occupons, sera donné par la formule suivante :

$$K = \frac{(550 + T - t)\, d\, v'\, N}{\chi\, C},$$

dans laquelle T représente la température en degrés centigrades de la vapeur ; d, la densité de cette vapeur ; v', le volume de vapeur dépensé à chaque course simple du piston, y compris le volume détourné par les espaces perdus, la condensation et les fuites dans le cylindre, comme aussi les fuites de vapeur du générateur et de toutes les conduites, et enfin toute perte de calorique quelconque ; N, le nombre des courses simples du piston dans une heure ; C, le nombre de calories développées par un kilogramme du combustible à brûler ; et enfin χ, le coefficient de réduction de ce nombre de calories en rapport avec la perfection des appareils évaporatoires.

Pour la machine à vapeur en question :

t, ou la température de l'eau d'alimentation = 15 degrés ;

T = 145°.4 ;

d = 2k,1072 ;

N = 2880 ;

C = 7050, en supposant la houille de première qualité ;

χ = 0.65.

Au volume de vapeur dépensé dans une course simple du piston nous devons ajouter $\frac{1}{24}^{c}$ de ce volume pour compenser les fuites de vapeur et l'évaporation qui ont lieu par le générateur et les conduites, car il n'a été question jusqu'ici que du cylindre à vapeur. Or, nous avons déjà vu que les pertes par le cylindre sont d'un douzième du volume de vapeur dépensé à chaque course simple du piston ; par conséquent, si nous y joignons le vingt-quatrième ci-dessus, nous aurons pour v' :

$$v' = v + \frac{v}{8} = 0^{m3},222926 + \frac{0^{m3},222926}{8} = 0^{m3},251.$$

De sorte qu'il viendra pour K :

$$K = \frac{(550 + 145°.4 - 15°)\ 2^{k},1072 \times 0^{m3},251 \times 2880}{0.65 \times 7050} =$$
$$= 226.17.$$

Le poids de houille de première qualité à brûler par heure pour la génération de la vapeur nécessaire à l'alimentation de la machine à vapeur ci-dessus serait donc de 226 kilogrammes. Si nous divisons ce poids de houille par la force en chevaux-vapeur dont la machine est capable, nous obtiendrons le poids de houille à brûler par heure et par force de cheval. Or, puisque la machine est de la force de 24.27 chevaux-vapeur, nous aurons :

$$\frac{226^{k}}{24^{c},27} = 9^{k},32.$$

Il faudrait donc brûler 9 kilogrammes de houille de première qualité par heure et par force de cheval, pour la production de la vapeur nécessaire à l'alimentation de la machine à vapeur ci-dessus.

§ XXXVIII. Afin d'établir la différence qui distingue notre nouvelle méthode de calcul de celles qui l'ont précédée, nous allons déterminer la force en chevaux-vapeur de la même machine, et dans les mêmes circonstances, par une des formules en usage :

$$K\ n\ 2.222\ v.(p - 1^{k},033),$$

dans laquelle K est un coefficient dont la valeur, pour des machines de 40 chevaux et au-dessus, en très-bon état d'entretien, a été fixée à 0.70 ; p ou la pression de la vapeur sur un centimètre carré, est ici de $4^{k},1332$; v ou le volume engendré par le piston, est de $0^{m3},222926$; enfin, n ou le nombre des courses simples du piston, est de 48. Ainsi, nous aurons :

$$0.70 \times 48 \times 2.222 \times 3^{k},0996 \times 0^{m3},222926 = 51.593$$

chevaux-vapeur.

Evidemment cette quantité de travail est infiniment trop forte, car nous verrons bientôt que la même machine, alimentée avec de la vapeur à la même tension, mais fonctionnant à pleine pression jusqu'à un quart seulement de la course du piston, puis par détente, ne rend qu'une force de 13.70 chevaux-vapeur. Or, si nous prenons le quart du nombre de chevaux-vapeur obtenu ci-dessus, c'est-à-dire $\frac{51.6}{4}$, nous aurons 12.90 chevaux-vapeur, qui représentent une force obtenue sans détente presque égale à celle obtenue avec détente à 4 fois le volume primitif, et pour la même dépense de vapeur dans les deux cas. Il y a donc impossibilité à un semblable résultat ; car si nous consultons le tableau donné par M. le général Poncelet, § XLVI, nous y verrons que le travail en kilogrammètres d'un mètre cube de vapeur à 4 atmosphères avec une détente à 4 fois le volume primitif, est de 98632 kilogrammètres, qui représentent un travail plus que double de celui 41332 kilogrammètres, produit par ce même mètre cube de vapeur à 4 atmosphères, employé sans détente. Or, le travail en kilogrammètres de la vapeur agissant à pleine pression, pendant la course entière du piston, serait représenté, pour la machine ci-dessus, par :

$$4 \frac{41332^{km} \times 13^{c}.70}{98632^{km}} = 22.964 \text{ chevaux-vapeur.}$$

Pour rendre ceci plus intelligible, cherchons par les formules en usage quel serait le travail en chevaux-vapeur d'une machine agissant à pleine pression pendant le quart de la course du piston, puis par détente, à 4 fois le volume primitif. Si nous admettons que la tension de la vapeur soit à 4 atmosphères, comme dans l'exemple précédent, et que le volume de vapeur dépensé dans le quart de la course du piston, soit exactement semblable à celui $0^{m3},222926$, lorsque la vapeur agissait à pleine pression, pendant toute la course du piston, la formule sera :

$$K\ n\ 2.222\ p\ v\ \left(1 + \text{log. hyp.}\ \frac{p}{p_{,}} - \frac{1^{k},033}{p_{,}}\right).$$

Pour des machines de cette puissance en très-bon état d'entretien, le coefficient K a été fixé à 0.4 ; $p_{,}$ représente la tension de la vapeur à la fin de la détente, tension qui est ici de $1^{k},033$, et nous avons :

$$0.4 \times 48 \times 2.222 \times 4^{k},1332 \times 0^{m3},222926\ (1 + \text{log. hyp. } 4 - 1) = 54.49.$$

Or, puisque $0^{m3},222926$ de vapeur à 4 atmosphères de tension agissant avec une détente à 4 fois le volume primitif, ne rend qu'une force de 54 chevaux-vapeur, il est matériellement impossible que le même volume de vapeur agissant sans détente puisse rendre une force de 51 chevaux-vapeur. En effet, nous venons de voir, dans la table de M. le général Poncelet, qu'un mètre cube de vapeur à 4 atmosphères de tension agissant sans détente, ne rendait pas la moitié du travail de ce même mètre cube de vapeur à 4 atmosphères agissant avec une détente à 4 fois le volume primitif. Ainsi le coefficient adopté 0.70 est trop fort de plus de moitié.

§ XXXIX. Maintenant, il serait intéressant de savoir comment se comporterait la même machine si, au lieu de l'alimenter avec de la vapeur à 4 atmosphères de tension pendant toute la course du piston, on l'alimentait de la même manière avec de la vapeur à une atmosphère de tension seulement.

Dans cette circonstance, la vapeur de P sera de 10333 kilogrammes. D'autre part, quoique la machine soit exactement la même que dans l'exemple précédent, nous devons dire que les résistances engendrées par le frottement seront ici bien inférieures à celles que nous avons trouvées pour la même machine marchant à 4 atmosphères de tension. Les surfaces du frottement et le poids de toutes les pièces en mouvement sont évidemment les mêmes ; mais la pression de la vapeur sur ces pièces n'étant ici que le quart de celle à 4 atmosphères, la résistance par le frottement ne dépassera que de fort peu le tiers de celle que nous avons déjà trouvée ; ainsi nous aurons pour r' :

$$r' = \frac{3464^{km},455}{3} = 1154^{km},818.$$

D'un autre côté, la contrepression r étant ici de 736 kilogrammètres, ainsi qu'on peut le voir au § XXV, la formule donnera, pour le travail que pourrait transmettre cette machine fonctionnant avec de la vapeur à une atmosphère, et sans même tenir compte des espaces nuisibles, des fuites de vapeur et de la condensation dans le cylindre :

$$K^m = \left\{ \frac{48}{60}\, 10333^k \times 0^{m3},222926 \right\} - \left\{ 735^{km},734 + \right.$$
$$\left. + 1154^{km},818 \right\} = \text{zéro.}$$

Les résistances passives surpassent même ici la force absolue du moteur : il n'est donc pas étonnant que, sans admettre la pression atmosphérique sur le piston de cette machine, la vapeur à une atmosphère de tension soit incapable de la faire marcher à vide, et, à plus forte raison, de transmettre un travail utile.

§ XL. Nous avons dressé ci-dessous un tableau très-instructif. Ce tableau donne pour la machine à vapeur dont nous venons de nous occuper : 1° la force réelle obtenue ; 2° les résistances engendrées par les frottements ; 3° la contrepression de la vapeur sur le piston ; 4° la perte d'effets attribuée aux espaces nuisibles, aux fuites de vapeur et à la condensation dans le cylindre ; 5° la pression atmosphérique supposée; et 6° enfin, la force absolue du moteur.

Ces diverses relations ont été calculées d'abord par notre nouvelle méthode, et ensuite par celles en usage. Ce tableau, mis en regard de ceux qui suivront, fera ressortir le défaut capital des méthodes de calcul usitées jusqu'à ce jour.

DÉSIGNATION DES RELATIONS	Nouvelle méthode de calcul.	Ancienne méthode de calcul.
	km	km
Force que peut transmettre la machine.	1820.327	3869.475
Résistances engendrées par le frottement	3464.455	0000.000
Contrepression de la vapeur sur le piston	1986.529	1986.529
Espaces nuisibles, fuites et condensation.	714.031	714.031
Pression atmosphérique supposée.	000.000	1842.952
Force absolue du moteur	7985.342	8412.987

Il est inutile d'observer ici que, par l'ancienne méthode de calcul, la force dont la machine est capable, additionnée à la contrepression de la vapeur sur le piston, aux espaces nuisibles, fuites et condensation dans le cylindre, et enfin à la pression atmosphérique, surpasse la force absolue du moteur de 427 kilogrammètres. Par ce fait, les résistances dues au frottement se trouvent complètement annulées.

Machines à vapeur à haute pression, avec détente, mais sans condensation.

§ XLI. Dans les machines à vapeur à haute pression, sans détente ni condensation, nous avons vu que les espaces nuisibles, les fuites de vapeur et la condensation dans le cylindre ne constituaient pas une résistance passive, mais une augmentation de dépense de vapeur et une réduction de tension de cette vapeur.

Dans les machines à vapeur à détente, les espaces nuisibles, les fuites de vapeur et la condensation dans le cylindre constituent également, pendant tout le temps de l'alimentation, une réduction de tension de la vapeur ; mais dès que l'alimentation est interrompue, toute perte de vapeur, soit par fuites ou condensation dans le cylindre, n'étant plus compensée par de nouvelle vapeur arrivant de la chaudière, constitue nécessairement une nouvelle réduction de tension de la vapeur pendant la détente.

Les espaces nuisibles augmentent la dépense de vapeur ; mais, pendant la détente, cette augmentation de vapeur produit une augmentation de travail, tandis que, dans les machines à vapeur sans détente, ces espaces nuisibles sont entièrement en pure perte.

Nous pensons que cette augmentation de travail des espaces nuisibles pendant la détente peut, sans erreur sensible, compenser la diminution de tension occasionnée par les fuites de vapeur et la condensation dans le cylindre pendant la détente, mais seulement pour des machines d'une très-bonne construction, parfaitement entretenues. Ceci bien compris, le travail en kilogrammètres que peuvent transmettre les machines à vapeur à haute pression, avec détente, mais sans condensation, sera représenté par :

$$K^m = \frac{n}{60} \overline{P} \, v \left(\text{log. hyp.} \; \frac{v_,}{v} + 1 \right) - (r + r').$$

Si nous avions à calculer le travail en kilogrammètres que peut transmettre une machine à vapeur exactement semblable à celle à haute pression, sans détente ni condensation, dont nous venons de parler, mais fonctionnant ici à pleine pression, jusqu'au quart seulement de la course du piston, puis par détente, nous aurions à constater les notations suivantes :

$P = 41332^k$;
$d = 2^k{,}1072$;
$n = 48$;
$u = 1^m{,}20$;
$H = 1^m{,}50$;
$S = 0^{m2}{,}148617$;
$\sigma = 0^{m2}{,}003059$;
$v_, = 0^{m3}{,}222926$;
$v = 0^{m3}{,}0557315$;

$$\text{Log. hyp.} \frac{v_,}{v} + 1 = 2{,}3862943.$$

Nous donnons à la fin de l'ouvrage une table des logarithmes hyperboliques calculés par M. de Prony.

§ XLII. Nous devons, en premier lieu, déterminer la tension de la vapeur dans le cylindre. Dans l'exemple précédent, nous avons vu que l'ouverture moyenne d'introduction de la vapeur dans le cylindre était les sept huitièmes de la surface de l'orifice sur le tiroir, lorsque la vapeur était introduite pendant toute la course du piston ; mais ici, où la vapeur n'est introduite que pendant le quart de la course du piston, cette ouverture moyenne d'introduction sera à peine les cinq sixièmes de la section de l'orifice sur le tiroir à vapeur ; de sorte que nous aurons pour $\bar{\sigma}$:

$$\bar{\sigma} = \frac{5\,\sigma}{6} = \frac{5 \times 0^{m2},003059}{6} = 0^{m2},002549.$$

Par suite, il viendra pour la vitesse d'introduction de la vapeur dans le cylindre :

$$V = 1^{m},20\ \frac{0^{m2},148617}{0^{m2},002549} = 69^{m},97.$$

Mais nous devons prendre en considération l'augmentation de vitesse qui résulte des espaces nuisibles, des fuites de vapeur et de la condensation dans le cylindre. Dans l'exemple précédent, le volume de vapeur détourné par toutes ces causes était d'un douzième du volume de vapeur engendré par le piston ; mais ici, où la vapeur n'est introduite dans le cylindre que pendant un quart seulement de la course du piston, les espaces nuisibles seront naturellement le sixième du volume de vapeur introduite pendant ce quart de course, lorsque précédemment ces espaces nuisibles n'étaient que le vingt-quatrième du volume de vapeur engendré par le piston. D'un autre côté, le volume de vapeur détourné par les fuites et la condensation dans le cylindre sera le vingt-quatrième du volume de vapeur engendré par le piston dans ce quart de course ; par conséquent, le volume de vapeur détourné par toutes ces causes aura pour valeur :

$$\frac{5\ \text{V}}{24},$$

ou un cinquième, à très-peu près. Il viendra donc, pour la vitesse réelle d'introduction de la vapeur dans le cylindre :

$$\overline{V} = V + \frac{V}{5} = 70^m + \frac{70^m}{5} = 84 \text{ mètres.}$$

Par suite, la véritable tension $\overline{P}$ de la vapeur dans le cylindre sera :

$$\overline{P} = \frac{41332^k \left\{ \frac{41332^k}{2^k,1072} - \frac{(84^m)^2}{19.62} \right\}}{\left\{ \frac{41332^k}{2^k,1072} \right\}} = 40573 \text{ kilogrammes.}$$

§ XLIII. Il nous reste maintenant à estimer les valeurs de r et r'. La contrepression r de la vapeur sur le piston est donnée au § XXV, dans des circonstances exactement semblables à celles ci-dessus ; nous avons donc à noter sa valeur, qui est de $735^{km},734$.

§ XLIV. D'autre part, nous savons que les résistances engendrées par le frottement sont représentées par :

$$r' = \chi \frac{n}{60} P v \left(\text{log. hyp.} \frac{v_1}{v} + 1 \right).$$

La valeur du coefficient χ est d'ailleurs donnée dans la table suivante.

Table donnant la valeur du coefficient χ pour les machines à vapeur à haute pression, avec détente, sans condensation.

TRAVAIL THÉORIQUE du VOLUME DE VAPEUR engendré par le piston.	MACHINES en très-bon état D'ENTRETIEN $\chi =$	MACHINES en état ordinaire D'ENTRETIEN $\chi =$
4070 kilogrammètres .	0.58	0.60
8140	0.56	0.58
12210	0.54	0.56
16280	0.52	0.54
20350	0.50	0.52
24420	0.48	0.50
28490	0.46	0.48
32560	0.44	0.46
36630	0.42	0.44
40700	0.40	0.42

De cette table il résulte que, pour la machine à vapeur dont il est ici question et qui est supposée en très-bon état d'entretien, la valeur du coefficient χ sera 0.58, attendu que le travail théorique du volume de vapeur engendré par le piston est $4397^{km},46$; de sorte qu'il viendra pour r' :

$$r' = 0.58 \frac{48}{60} 41332^{k} \times 0^{m3},0557315 \times 2,3862943 =$$
$$= 2550^{km},52.$$

Telle est la somme des résistances engendrées par le frottement de toutes les pièces mobiles qui entrent dans la composition de cette machime.

§ XLV. Nous aurons donc definitivement, pour la quantité de travail en kilogrammètres que peut transmettre cette machine à vapeur : .

$$K^{m} = \frac{48}{60} 40573^{k} \times 0^{m3},0557315 \times 2.3862943 -$$
$$- (735^{km},734 + 2550^{km},52) = 1030^{km},456.$$

En divisant cette quantité de travail par 75 kilogrammètres, nous obtiendrons en chevaux-vapeur le travail dont cette machine est capable :

$$\frac{1030^{km},456}{75^{km}} = 13.74.$$

Ainsi, cette machine à vapeur agissant à pleine pression pendant le quart de la course du piston, puis par détente, est capable de transmettre un travail de 13.74 chevaux-vapeur.

§ XLVI. Nous donnons ici une table dressée par M. le général Poncelet, afin de simplifier les opérations du calcul dans la détermination du travail dynamique des machines à vapeur à détente.

Table des quantités de travail produites, sous différentes détentes, par un mètre cube de vapeur d'eau prise à la tension d'une atmosphère.

VOLUME APRÈS la détente	QUANTITÉ de TRAVAIL correspondante	VOLUME APRÈS la détente	QUANTITÉ de TRAVAIL correspondante	VOLUME APRÈS la détente	QUANTITÉ de TRAVAIL correspondante	VOLUME APRÈS la DÉTENTE	QUANTITÉ de TRAVAIL correspondante
m3	Km	m3	Km	m3	Km	m3	Km
1.00	10333	1.35	13434	2.80	20973	5.50	27949
1.01	10436	1.40	13810	2.90	21335	5.60	28135
1.02	10538	1.45	14173	3.00	21686	5.70	28318
1.03	10639	1.50	14523	3.10	22024	5.80	28498
1.04	10739	1.55	14862	3.20	22353	5.90	28674
1.05	10837	1.60	15190	3.30	22671	6.00	28848
1.06	10935	1.65	15508	3.40	22979	6.25	29270
1.07	11032	1.70	15816	3.50	23279	6.50	29675
1.08	11129	1.75	16116	3.60	23570	6.75	30065
1.09	11224	1.80	16407	3.70	23853	7.00	30441
1.10	11318	1.85	16690	3.80	24128	7.25	30804
1.11	11412	1.90	16966	3.90	24397	7.50	31154
1.12	11504	1.95	17234	4.00	24658	7.75	31493
1.13	11596	2.00	17496	4.10	24914	8.00	31820
1.14	11687	2.05	17751	4.20	25163	8.25	32139
1.15	11778	2.10	18000	4.30	25406	8.50	32447
1.16	11867	2.15	18243	4.40	25643	8.75	32747
1.17	11956	2.20	18481	4.50	25875	9.00	33038
1.18	12044	2.25	18713	4.60	26103	9.25	33321
1.19	12131	2.30	18940	4.70	26325	9.50	33597
1.20	12217	2.35	19162	4.80	26542	9.75	33865
1.21	12303	2.40	19380	4.90	26755	10.00	34127
1.22	12388	2.45	19593	5.00	26964	15.00	38317
1.23	12472	2.50	19802	5.10	27169	20.00	41289
1.24	12556	2.55	20006	5.20	27369	25.00	43595
1.25	12639	2.60	20207	5.30	27566	50.00	50758
1.30	13044	2.70	20597	5.40	27759	100.00	57920

Pour montrer l'usage que l'on peut faire de cette table, nous prendrons les données du § XLI, où la vapeur à 4 atmosphères de tension est introduite dans le cylindre pendant un quart seulement de la course du piston. Nous rechercherons, en premier lieu, quelle est la tension en atmosphères de la vapeur dans le cylindre pendant l'alimentation, tension qui sera donnée par :

$$\frac{40573^k}{10333^k} = 3^{at},926546.$$

D'un autre côté, sachant que la vapeur doit se détendre jusqu'à occuper 4 fois le volume primitif, nous trouverons dans la table la quantité de travail correspondant au volume de la vapeur après la détente, travail qui est ici de 24658 kilogrammètres ; de telle sorte que la formule donnera, pour le travail de la machine à vapeur considérée :

$$K^m = \frac{48}{60}\, 3^{at},926546 \times 24658 \times 0^{m3},0557315 -$$
$$- \left\{ 735^{km},734 + 2550^{km},52 \right\} = 1030^{km},456 ;$$

résultat exactement conforme à celui que nous avons obtenu précédemment.

§ XLVII. Le rapport de la force absolue du moteur à celle dont la machine est capable étant représenté par :

$$\frac{K^m}{\left(\frac{n}{60}\right) P\,(v + \underline{v}) \left(\text{log. hyp. } \frac{v_,}{v} + 1\right)},$$

et $\underline{v}$ ayant ici pour valeur $\frac{v}{b}$, ainsi que nous l'avons déjà vu, nous aurons :

$$\frac{1030^{km},456}{\left(\frac{48}{60}\right) 41332^k \left(0^{m3},0557315 + \frac{0^{m3},0557315}{5}\right) 2.3862943} =$$
$$= 0.195.$$

Ce résultat nous confirme que la force dont la machine est capable n'atteint pas le cinquième de la force absolue du moteur.

Détermination du poids du combustible à brûler par heure, pour obtenir la quantité de vapeur nécessaire à l'alimentation des machines à vapeur fonctionnant à haute pression, avec détente, mais sans condensation.

§ XLVIII. Le poids en kilogrammes K du combustible à brûler

par heure, pour obtenir le volume de vapeur nécessaire à l'alimentation de la machine à vapeur dont nous nous occupons, sera donné par la formule :

$$K = \frac{(550 + T - t)\, d\, v'\, N}{\chi\, C}.$$

Les termes qui entrent dans l'expression de cette formule nous étant déjà connus, nous n'avons qu'à constater leur valeur.

$t = 15°$;
$T = 145°,4$;
$d = 2^k,1072$;
$N = 2880$;
$C = 7050$;
$\chi = 0.65$.

Nous avons vu que, pour la machine à vapeur à haute pression, sans détente, le volume de vapeur perdu par le générateur et les conduites était un vingt-quatrième du volume de vapeur dépensé à chaque course du piston ; mais ici, où la vapeur n'est introduite dans le cylindre que pendant le quart de la course du piston, ce volume sera au minimum le vingtième du volume de vapeur dépensé. Si nous y joignons le cinquième détourné par les espaces nuisibles, les fuites et la condensation dans le cylindre, nous aurons :

$$v' = v + \frac{v}{4} = 0^{m3},0557315 + \frac{0^{m3},0557315}{4} = 0^{m3},0696644.$$

De sorte qu'il viendra pour K :

$$K = \frac{(550 + 145°.4 - 15°)\, 2^k,1072 \times 0^{m3},0696644 \times 2880}{0.65 \times 7050} =$$
$$= 62^k,80.$$

Le poids de houille de première qualité à brûler par heure, pour la génération de la vapeur nécessaire à l'alimentation de la machine à vapeur ci-dessus, serait donc de $62^k,80$. En divisant ce poids de houille par la force en chevaux-vapeur dont la machine est capable, nous obtiendrons le poids de houille à brûler par heure et par force de cheval. Or, puisque la machine est de la force de 13.70 chevaux-vapeur, nous aurons :

$$\frac{62^k,80}{13^c,70} = 4^k,58.$$

Il faudrait donc brûler $4^k,58$ de houille de première qualité par heure et par force de cheval, pour la production de la vapeur nécessaire à l'alimentation de la machine à vapeur ci-dessus.

§ XLIX. La formule suivante nous fera connaître les pertes d'effet résultant des espaces nuisibles, des fuites de vapeur et de la condensation dans le cylindre.

$$r'' = \left\{ \frac{n}{60} P \left(v + \frac{v}{5} \right) \left(\text{log. hyp. } \frac{V_,}{v} + 1 \right) \right\} -$$
$$- \left\{ \frac{n}{60} \bar{P} v \left(\text{log. hyp. } \frac{V_,}{v} + 1 \right) \right\},$$

qui, dans le cas actuel, devient :

$$r'' = \left(\frac{48}{60} 41332^k \times 0^{m3},0668778 \times 2.3862943 \right) -$$
$$- \left(\frac{48}{60} 40573^k \times 0^{m3},0557315 \times 2.3862943 \right) =$$
$$= 5276^{km},941 - 4316^{km},710 = 960^{km},231.$$

§ L. Nous allons maintenant déterminer la force en chevaux-vapeur de la même machine fonctionnant dans les mêmes circonstances, mais par l'une des formules en usage :

$$K \; n \; 2.222 \; p \; v \left(1 + \text{log. hyp. } \frac{p}{p_,} - \frac{1^k,033}{p_,} \right).$$

Le coefficient K est ici de 0.40 pour des machines en très-bon état d'entretien ; de plus, $p = 4^k,1332$, et $p_, = 1^k,033$; de sorte que nous aurons :

$$0.4 \times 48 \times 2.222 \times 4^k,1332 \times 0^{m3},0557315 \times 2.3862943 =$$
$$= 13.62.$$

§ LI. Nous avons dressé, comme précédemment, un tableau destiné à indiquer la différence qui distingue notre méthode de calcul de celles usitées jusqu'à ce jour.

DÉSIGNATION DES RELATIONS	Nouvelle méthode de calcul.	Ancienne méthode de calcul.
	km	km
Force dont la machine est capable	1030.456	1021.500
Résistances engendrées par le frottement	2550.520	716.524
Contrepression de la vapeur sur le piston	735.734	735.734
Espaces nuisibles, fuites et condensation	960.231	960.231
Pression atmosphérique supposée.	000.000	1842.952
Force absolue du moteur	5276.941	5276.941

Dans cette machine, où la vapeur agit par détente, les pertes attribuées aux espaces nuisibles, aux fuites de vapeur et à la condensation dans le cylindre, sont plus élevées que lorsque cette même machine fonctionnait à pleine pression pendant toute la course du piston. Mais nous observerons que cette différence provient de ce que, dans la machine à vapeur à détente, le volume de vapeur détourné par les espaces nuisibles, les fuites et la condensation dans le cylindre, est le cinquième du volume de vapeur dépensé dans le quart seulement de la course du piston, tandis que dans celle à pleine pression, le volume de vapeur détourné n'est que le douzième du volume de vapeur dépensé pendant toute la course du piston. Il en résulte que la tension de la vapeur sur le piston n'est, pour la machine à détente, que de 40573 kilogrammes par mètre carré de surface, pendant le quart de la course du piston, tension qui, à la fin de la détente, se réduit à 10143 kilogrammes, tandis que, pour la machine sans détente, la tension de la vapeur sur le piston est de 40772 kilogrammes, pendant toute la course du piston. De cette différence de tension provient nécessairement la différence des résultats que nous avons constatée plus haut. La différence de tension de la vapeur de chaque côté du piston étant également plus grande dans la machine à détente, les fuites de vapeur sont nécessairement plus grandes aussi, et la condensation dans le cylindre suit la même loi.

Dans le tableau ci-dessus, on pourrait objecter que, dans la colonne des résultats fournis par l'ancienne méthode de calcul, nous faisons figurer non seulement la pression atmosphérique, mais encore la contrepression de la vapeur. Avec un peu d'attention, il est facile de voir qu'il en doit être ainsi : 1° parce que la contrepression de la vapeur est admise généralement, et, si elle ne figure pas dans les calculs établis, c'est parce qu'on n'avait pu jusqu'ici soumettre cette contrepression à aucun genre de calcul ; 2° parce que si on admet que cette contrepression doit être comprise dans la pression atmosphérique, nécessairement alors il faut abdiquer toute idée de pression atmosphérique, attendu que, si elle existe réellement, on doit la compter pleine et entière.

§ LII. Nous donnons ci-après une table très-intéressante, où l'on trouvera le travail en kilogrammètres transmis au piston par la vapeur pour chaque dix degrés parcourus par la manivelle dans une course simple du piston. Nous avons admis que la vapeur agissait à 4 atmosphères de tension pendant le cinquième de la course du piston ; puis par détente. La course simple du piston est d'un mètre, le diamètre du cylindre à vapeur $0^{m},40$, et le nombre des courses simples du piston 60.

Table donnant : 1° le nombre de degrés parcourus par la manivelle à chaque position considérée ; 2° la tension de la vapeur sur un mètre carré de surface, pour chaque position du piston correspondant à celle de la manivelle, dans une course simple du piston, ou, en d'autres termes, sur un arc de 180 degrés ; 3° la pression en kilogrammes exercée par la vapeur sur le piston à chaque position correspondante de la manivelle ; 4° le volume engendré par le piston à chaque position correspondante de la manivelle ; 5° le travail théorique en kilogrammètres transmis au piston par la vapeur, pour chaque dix degrés parcourus par la manivelle, dans une course simple du piston.

NOMBRE de degrés parcourus par la manivelle	TENSION en kilogrammes de la vapeur sur un mètre carré de surface, à chaque position du piston correspondant à celle de la manivelle.	PRESSION en kilogrammes exercée par la vapeur sur le piston à chaque position correspondante de la manivelle.	VOLUME engendré par le piston à chaque position correspondante de la manivelle.	TRAVAIL théorique en kilogrammètres transmis au piston par la vapeur pour chaque 10 degrés parcourus par la manivelle dans une course simple du piston.
0	k	k	m3	km
10	41332,00	5293,93	0,001146	47,366472
20	41332,00	5293,93	0,004528	139,784824
30	41332,00	5293,93	0,009998	226,086040
40	41332,00	5293,93	0,017316	302,467576
50	41332,00	5293,93	0,026168	365,870864
60	29972,44	3766,39	0,036077	348,267399
70	23039,02	2895,16	0,046948	281,425917
80	18620,53	2339,86	0,058087	232,863273
90	15638,29	1965,13	0,069183	187,437077
100	13538,15	1701,23	0.079886	156,114594
110	12029,10	1511,61	0,089907	128,577720
120	10925,72	1373,00	0,098992	103,485172
130	10115,51	1271,09	0,106926	85,228164
140	9523,50	1196,69	0,113566	64,137443
150	9103,96	1144,04	0,118815	48,779071
160	8822,19	1108,60	0,122606	32,879902
170	8659,54	1088,12	0,124897	20,549940
180	8607,24	1081,59	0,125664	6,813927

km
2778,135375

La cinquième colonne de cette table ne donne que le travail théorique de la vapeur ; mais on trouvera au § LXXIII le travail réel que peut transmettre cette même machine.

Si nous cherchons, par les formules en usage, le travail en kilogrammètres dans les mêmes circonstances que ci-dessus, nous aurons :

$$K^m = P\,v\left(\text{log. hyp. } \frac{v_1}{v} + 1\right).$$

La quatrième colonne du tableau nous indique que le volume de la vapeur, après la détente, est $0^{m3},125664$, et le volume, avant la détente, $0^{m3},026168$. De telle sorte que le logarithme hyperbolique de $0^{m3},125664$, divisé par $0^{m3},026168$, est 1.57 auquel il faut ajouter l'unité ; d'où il résulte que :

$$K^m = 41332^k \times 0^{m3},026168 \times 2.57 = 2779^{km},6497.$$

Si nous consultons la cinquième colonne du tableau, nous trouverons que l'addition de cette colonne correspond assez exactement au travail théorique en kilogrammètres que nous venons d'obtenir ci-dessus.

Cette cinquième colonne du tableau nous montre également que, vers la fin de la course du piston, la force obtenue est si peu de chose, qu'il n'y a vraiment aucun intérêt à pousser la détente aussi loin.

Dans toutes les machines à vapeur sans condensation, nous pensons qu'il y aurait un grand avantage à laisser échapper la vapeur par anticipation, surtout lorsque la machine marche à pleine pression pendant la plus grande partie de la course du piston, ou avec une détente peu prolongée, et principalement lorsque la machine marche à grande vitesse.

On diminuerait considérablement ainsi la contrepression de la vapeur sur le piston. Dans les locomotives, on donne bien de l'avance à l'échappement de la vapeur, mais dans une limite trop restreinte. Nous pensons que l'orifice d'échappement de la vapeur devrait commencer à s'ouvrir lorsque la manivelle se trouve à 130 degrés de son point de départ, correspondant au commencement de la course du piston, ou, en d'autres termes, lorsqu'il reste encore à la manivelle 50 degrés à parcourir avant que le piston n'arrive à la fin de sa course. La vapeur, tout en s'échappant à l'air extérieur, agirait encore sur le piston, et le peu de vapeur qui resterait dans le cylindre, à la fin de la course, n'exercerait ensuite sur le piston qu'une contrepression insignifiante.

Nous devons dire ici que, si toute la vapeur était expulsée du cylindre avant la fin de la course du piston, l'air extérieur pourrait alors y pénétrer, et il résisterait en exerçant une pression de $1^k,033$ sur chaque centimètre carré de surface de ce piston ; de plus, cet air aurait le grave inconvénient de refroidir le cylindre et le piston. Mais rien de ce genre n'est à craindre, car l'expansion de la vapeur est telle, que toute entrée d'air dans le cylindre est impossible.

Machines à vapeur à basse pression, avec condensation, mais sans détente.

§ LIII. Les machines à vapeur à basse pression sont d'une construction peu compliquée, et la tension de la vapeur dans le cylindre étant peu élevée, il y a nécessairement moins de fuites de vapeur, et, en outre, les frottements y sont moindres.

La quantité de travail en kilogrammètres que peut transmettre une machine à vapeur à basse pression est donnée par :

$$K^m = \frac{n}{60} \dot{\overline{P}} v - (r + r').$$

Afin de comparer plus facilement les résultats, nous admettrons la même machine que précédemment, mais agissant ici à basse pression, avec condensation et sans détente.

Nous avons à constater les notations suivantes :

Le manomètre marquant 1.30 atmosphères, nous avons :

$P = 13429^k$;
$d = 0^k,7531$;
$n = 48^k$;
$u = 1^m,20$;
$H = 1^m,50$;
$S = 0^{m2},148617$;
$\sigma = 0^{m2},003059$;
$v = 0^{m3},222926$.

§ LIV. Déterminons d'abord quelle est la véritable tension de la vapeur dans le cylindre, en observant que l'ouverture moyenne d'introduction de la vapeur dans le cylindre n'est que les sept huitièmes de la surface de l'orifice sur le tiroir.

Ainsi, nous aurons pour $\bar{\sigma}$, ouverture moyenne d'introduction :

$$\bar{\sigma} = \frac{7 \times 0^{m2},003059}{8} = 0^{m2},002676.$$

Par suite, il viendra pour la vitesse V d'introduction de la vapeur dans le cylindre :

$$V = u\,\frac{S}{\bar{\sigma}} = 1^{m},20\,\frac{0^{m2},148617}{0^{m2},002676} = 66^{m},66.$$

En prenant en considération l'augmentation de vitesse qui résulte des espaces nuisibles, des fuites de vapeur et de la condensation dans le cylindre, nous obtiendrons la vitesse réelle $\bar{V}$ d'introduction de la vapeur dans le cylindre. Nous devons constater ici que le volume de vapeur détourné par les espaces nuisibles, les fuites de vapeur et la condensation dans le cylindre, aura à très-peu près la même valeur que dans la machine à haute pression, sans détente ni condensation, où ce volume de vapeur détourné était d'un douzième du volume de vapeur dépensé. Ainsi :

$$\bar{V} = V + \frac{V}{12} = 66^{m},66 + \frac{66^{m},66}{12} = 72^{m},22.$$

Il viendra donc, pour la véritable tension de la vapeur dans le cylindre :

$$\bar{P} = \frac{13429^{k}\left\{\frac{13429^{k}}{0^{k},7531} - \frac{(72^{m},22)^2}{19.62}\right\}}{\left(\frac{13429^{k}}{0^{k},7531}\right)} = 13228 \text{ kilogram.}$$

§ LV. La tension de la vapeur dans le condenseur étant de 1500 kilogrammes par mètre carré de surface, nous trouvons, au § XXVIII, la contrepression r exercée par la vapeur sur le piston dans une circonstance à très-peu près semblable. Cette valeur de r est 291^{km},185.

§ LVI. Il reste encore à déterminer les résistances passives engendrées par le frottement ; ces résistances r' sont données par la formule :

$$r' = \chi \frac{n}{60} P v.$$

Nous trouverons, dans la table suivante, la valeur du coefficient χ, pour une machine d'une bonne construction et en très-bon état d'entretien, coefficient dont la valeur est 0.495, attendu que le travail théorique du volume de vapeur engendré par le piston est de 2394^{km},938.

De sorte qu'il vient, pour r' :

$$r' = 0.495 \frac{48}{60} 13429^{k} \times 0^{m3},222926 = 1185^{km},494.$$

Table donnant la valeur du coefficient χ pour les machines à vapeur à basse pression.

TRAVAIL THÉORIQUE du VOLUME DE VAPEUR engendré par le piston.	MACHINES en très-bon état D'ENTRETIEN	MACHINES en état ordinaire D'ENTRETIEN
3200 kilogrammètres .	0.48	0.50
6400	0.46	0.48
9600	0.44	0.46
12800	0.42	0.44
16000	0.40	0.42
19200	0.38	0.40
22400	0.36	0.38
25600	0.34	0.36
28800	0.32	0.34
32000	0.30	0.32

§ LVII. La quantité de travail en kilogrammètres que peut transmettre la machine à vapeur à basse pression a donc pour valeur :

$$K^m = \left(\frac{48}{60}\ 13228^k \times 0^{m3},222926\right) - (291^{km},185 + 1185^{km},494) = 882^{km},413.$$

En divisant cette quantité de travail par 75 kilogrammètres, nous obtiendrons en chevaux-vapeur le travail que la machine peut transmettre :

$$\frac{882^{km},413}{75^{km}} = 11,766.$$

Ainsi la machine est capable de transmettre un travail de 11.766 chevaux-vapeur.

§ LVIII. Si nous considérons que le volume de vapeur détourné par les espaces nuisibles, les fuites de vapeur et la condensation dans le cylindre est d'un douzième du volume de vapeur engendré par le piston, ce qui porte à $0^{m3},2415$ le volume de vapeur dépensé, les résistances r'', ou pertes d'effet résultant des espaces nuisibles, des fuites de vapeur et de la condensation dans le cylindre, seront représentées par :

$$r'' = \left(\frac{48}{60}\ 13429^k \times 0^{m3},2415\right) - \left(\frac{48}{60}\ 13228^k \times 0^{m3},222926\right) = 2594^{km},483 - 2359^{km},092 = 235^{km},391.$$

Il est facile de se convaincre de l'influence de la tension de la vapeur dans le cylindre, car les pertes d'effet attribuées aux espaces nuisibles, aux fuites de vapeur et à la condensation dans le cylindre, pertes qui, dans la machine à vapeur à haute pression, avec détente, étaient de $960^{km},231$, ne sont ici que de $235^{km},391$.

§ LIX. Nous aurons maintenant le rapport de la force absolue du moteur à celle dont la machine est capable par :

$$\frac{882^{km},413}{\left(\frac{48}{60}\right) 13429^{k} \left(0^{m3},222926 + \frac{0^{m3},222926}{12}\right)} = 0.34.$$

Nous voyons par là que la force obtenue ne surpasse que de fort peu le tiers de la force absolue du moteur.

Détermination du poids du combustible à brûler par heure pour obtenir la quantité de vapeur nécessaire à l'alimentation des machines à vapeur fonctionnant à basse pression avec condensation, mais sans détente.

§ LX. Le poids en kilogrammes K du combustible à brûler par heure pour obtenir le volume de vapeur nécessaire à l'alimentation de la machine à vapeur dont nous nous occupons, sera donné par :

$$K = \frac{(550 + T - t)\, d\, v'\, N}{\varkappa\, c}.$$

Les termes qui entrent dans l'expression de cette formule étant déjà connus, nous n'avons qu'à constater leur valeur :

$t = 40°$;
$T = 107°,5$;
$d = 0^{k},7531$;
$N = 2880$;
$c = 7050$;
$\varkappa = 0.65$.

Le volume de vapeur détourné par les espaces nuisibles, les fuites de vapeur et la condensation dans le cylindre, sont d'un douzième du volume de vapeur engendré par le piston. Si nous y joignons un vingt-quatrième pour les fuites et la condensation dans le générateur et les conduites, nous aurons pour v' :

$$v' = v + \frac{v}{8} = 0^{m3},222926 + \frac{0^{m3},222926}{8} = 0^{m3},251.$$

De sorte qu'il viendra pour K :

$$K = \frac{(550 + 107^{\circ},5 - 40^{\circ})\ 0^{k},7531 \times 0^{m3},251 \times 2880}{0,65 \times 7050} =$$
$$= 73^{k},36.$$

Le poids de houille de première qualité à brûler par heure pour la production de la vapeur nécessaire à l'alimentation de la machine à vapeur ci-dessus serait donc de $73^{k},36$.

En divisant ce poids de houille par la force en chevaux-vapeur dont la machine est capable, nous obtiendrons le poids de houille à brûler par heure et par force de cheval.

Or, puisque la machine est de la force de 11.766 chevaux-vapeur, nous aurons :

$$\frac{73^{k},36}{11^{c},766} = 6^{k},24.$$

Il faudrait donc brûler 6.24 kilogrammes de houille de bonne qualité, par heure et par force de cheval, pour la production de la vapeur nécessaire à l'alimentation de la machine à vapeur dont nous nous entretenons.

§ LXI. Déterminons maintenant la force en chevaux-vapeur de la même machine et dans les mêmes circonstances, mais par l'une des formules en usage.

$$K\ n\ 2.222\ p\ v \left(1 - \frac{p'}{p}\right)^{km};$$

Le coefficient K est ici de 0.56; d'autre part, la tension p' de la vapeur dans le condenseur est $0^{k},15$, et la pression intérieure p de la vapeur est $1^{k},3429$ sur chaque centimètre carré de surface. De sorte que nous aurons :

$$0.56 \times 48 \times 2.222 \times 1^{k},3429 \times 0^{m3},222926\ (1 - 0.1117) =$$
$$= 15.88.$$

§ LXII. Le tableau ci-dessous donne le résultat motivé du travail absolu de la vapeur évalué d'après notre nouvelle méthode de calcul. Comme il n'est plus ici question de la pression atmosphérique, attendu qu'il y a condensation de la vapeur, nous n'avons plus aucune raison d'établir une comparaison entre notre méthode de calcul et l'ancienne.

DÉSIGNATION DES RELATIONS	Nouvelle méthode de calcul.
	km
Force dont la machine est capable.	882,413
Résistances engendrées par le frottement. . .	1185,494
Contrepression de la vapeur sur le piston. . .	291,185
Espaces nuisibles, fuites et condensation. . .	235,391
	km
Force absolue du moteur	2594,483

Malgré la force absorbée par le condenseur dont la machine à basse pression est pourvue, les résistances engendrées par le frottement sont cependant notablement inférieures à celles trouvées pour la machine à vapeur à détente, sans condensation. Mais nous observerons qu'ici le travail absolu de la vapeur sur le piston n'est que de 2594 kilogrammètres, tandis que, pour la machine à détente, ce travail absolu est de 5277 kilogrammètres. Conséquemment, la pression exercée par la vapeur sur toutes les pièces en mouvement est moins élevée de plus de moitié, dans la machine à basse pression, que dans celle à détente.

Dans les premiers instants de la course, la vapeur exerce sur le piston de la machine à détente la plus grande pression possible. Or, dans les premiers instants de la course du piston, la manivelle se trouve dans la position la plus désavantageuse pour transmettre la force qui lui est communiquée par l'intermédiaire de la bielle et du piston, tandis qu'au contraire, elle se trouve dans la position la plus favorable pour transmettre sur les coussinets de l'arbre moteur la pression qu'elle reçoit de la vapeur. En effet, dans cet instant, l'effort de la vapeur sur la manivelle ne pouvant exercer qu'une très-faible action motrice, toute la pression se reporte sur l'axe à rotation qui exerce sur les coussinets de son support un frottement considérable. Ainsi, tout l'effort de la vapeur qui n'a pu contribuer au mouvement de rotation se transforme presque entièrement en frottement d'autant plus énergique que la vapeur, dans cet instant, comporte sa plus grande tension possible.

Nous dirons encore que, pour obtenir une vitesse de rotation régulière, la machine à détente doit être pourvue d'un volant d'un bien plus grand poids que celle à basse pression, cause évidente d'une plus grande résistance.

Machines à vapeur à détente et à condensation.

§ LXIII. Les machines à vapeur à détente et à condensation sont surtout avantageuses en ce sens qu'elles consomment en général d'un tiers à moitié moins de combustible que les machines à basse pression. Mais, d'un autre côté, leur mécanisme est d'une plus grande complication, et, en outre, la tension plus élevée de la vapeur dans le cylindre expose à des fuites d'autant plus grandes, que la détente est poussée plus loin.

La quantité de travail en kilogrammètres que peut transmettre une machine à vapeur à détente et à condensation, quel que soit d'ailleurs le nombre des cylindres de cette machine, est exprimée par :

$$K^m = \frac{n}{60} \bar{P}\, v \left(\text{log. hyp. } \frac{v_{,}}{v} + 1\right) - (r + r').$$

Nous supposerons ici encore la même machine que précédemment, mais fonctionnant à 4 atmosphères de tension, jusqu'au quart de la course du piston, puis par détente et avec condensation. Nous avons donc à constater les notations suivantes :

$$P = 41332^k;$$
$$d = 2^k,1072;$$
$$n = 48;$$
$$u = 1^m,20;$$
$$H = 1^m,50;$$
$$S = 0^{m2},148617;$$
$$\sigma = 0^{m2},003059;$$
$$v_{,} = 0^{m3},222926;$$
$$v = 0^{m3},0557315;$$

$$\text{Log. hyp. } \frac{v_{,}}{v} + 1 = 2.3862943.$$

§ LXIV. Nous devons, en premier lieu, déterminer quelle est la véritable tension de la vapeur dans le cylindre.

Nous avons déjà vu que, dans la machine à vapeur à détente, sans condensation, le volume de vapeur dépensé avant la détente était exactement le même que dans la machine actuelle. Ainsi, l'ouverture d'introduction de la vapeur dans le cylindre sera strictement ici la même ; de sorte que la vitesse de la vapeur, pendant l'introduction, aura naturellement aussi la même valeur. Il en sera à très-peu près encore ainsi de la tension de la vapeur dans le cylindre, tension qui sera par conséquent de 40573 kilogrammes.

§ LXV. La tension de la vapeur dans le condenseur étant de $0^{k},10$, la contrepression sur le piston sera, conformément au § XXVIII, de $224^{km},206$.

§ LXVI. D'autre part, nous obtiendrons la valeur des résistances engendrées par le frottement, par :

$$r' = \chi \frac{n}{60} P v \left(\log.\ \text{hyp.}\ \frac{v_{\prime}}{v} + 1 \right).$$

Le coefficient χ, déduit de la table suivante, est 0.61, pour une machine dans ces conditions, en très-bon état d'entretien, attendu que le travail théorique du volume de vapeur engendré par le piston est $4397^{km}, 46$.

De sorte qu'il vient, pour r' :

$$r' = 0.61 \frac{48}{60} 41332^{k} \times 0^{m3},0557315 \times 2.3862943 =$$
$$= 2682^{km},450.$$

Telle est la somme des résistances engendrées par le frottement de toutes les pièces mobiles de la machine.

Table donnant la valeur du coefficient χ pour les machines à vapeur à détente et à condensation.

TRAVAIL THÉORIQUE du VOLUME DE VAPEUR engendré par le piston.	MACHINES en très-bon état D'ENTRETIEN $\chi =$	MACHINES en état ordinaire D'ENTRETIEN $\chi =$
2750 kilogrammètres	0.63	0.66
5500	0.60	0.63
8250	0.57	0.60
11000	0.54	0.57
13750	0.51	0.54
16500	0.48	0.51
19250	0.45	0.48
22000	0.42	0.45
24750	0.39	0.42
27500	0.36	0.39

§ LXVII. Nous aurons donc définitivement, pour la quantité de travail que peut transmettre cette machine à vapeur :

$$K^{m} = \frac{48}{60} 40573^{k} \times 0^{m3},0557315 \times 2.3862943 -$$

$$- (224^{km},206 + 2682^{km},450) = 1410^{km},051.$$

En divisant ce travail en kilogrammètres par 75 kilogrammètres, nous obtiendrons, en chevaux-vapeur, la force dont cette machine est capable :

$$\frac{1410^{km},051}{75^{km}} = 18.80.$$

De sorte que cette machine à vapeur à détente et à condensation est capable de transmettre un travail de 18.80 chevaux-vapeur, tandis que la même machine à détente, mais sans condensation, ne rendrait que 13.70 chevaux-vapeur.

§ LXVIII. S'agit-il de savoir quelles sont les résistances r'' ou pertes d'effet résultant des espaces nuisibles, des fuites de vapeur et de la condensation dans le cylindre ? Nous aurons :

$$r'' = \left(\frac{48}{60}\ 41332^{k} \times 0^{m3},0668778 \times 2.3862943\right) -$$

$$- \left(\frac{48}{60}\ 40573^{k} \times 0^{m3},0557315 \times 2.3862943\right) =$$

$$= 5276^{km},939 - 4316^{km},707 = 960^{km},232.$$

Si nous désirons connaître le rapport de la force absolue du moteur à celle dont la machine est capable, nous aurons :

$$\frac{1410^{km},051}{\left(\frac{48}{60}\right) 41332^{k} \times 0^{m3},0668778 \times 2.3862943} = 0.2672.$$

Ce résultat nous confirme que la force dont la machine est capable surpasse de fort peu le quart de la force absolue du moteur.

Détermination du poids du combustible à brûler par heure pour obtenir la quantité de vapeur nécessaire à l'alimentation des machines à vapeur à détente et à condensation.

§ LXIX. Le poids en kilogrammes K du combustible à brûler par heure, pour la génération de la vapeur nécessaire à l'alimentation de la machine à vapeur dont il est ici question, est donné par la formule :

$$K = \frac{(550 + T - t)\ d\ v'\ N}{\chi\ c}.$$

Nous avons à constater ici la valeur des termes qui entrent dans l'expression de cette formule :

$t = 40°$;
$T = 145°,4$;
$d = 2^{k},1072$;
$N = 2880$;
$c = 7050$;
$\chi = 0.65$.

Le volume de vapeur détourné par les fuites, l'évaporation de chaleur et la condensation dans le générateur, et les conduites étant du vingtième du volume de vapeur dépensé à chaque course du piston, si nous joignons à ce volume celui détourné par les espaces nuisibles, les fuites et la condensation dans le cylindre, qui est d'un cinquième du volume dépensé dans une course simple du piston, nous aurons pour v' :

$$v' = v + \frac{v}{4} = 0^{m3},0557315 + \frac{0^{m3},0557315}{4} =$$
$$= 0^{m3},0696644.$$

Par suite, il viendra pour K :

$$K = \frac{(550 + 145^{o},4 - 40^{o})\ 2^{k},1072 \times 0^{m3},0696644 \times 2880}{0.65 \times 7050} =$$
$$= 60^{k},50.$$

Le poids de houille de première qualité à brûler par heure pour la production de la vapeur nécessaire à l'alimentation de la machine à vapeur ci-dessus serait donc de $60^{k},50$.

En divisant ce poids de houille par la force en chevaux-vapeur dont la machine est capable, nous obtiendrons le poids de houille à brûler par heure et par force de cheval. Or, puisque la machine est de la force de 18.80 chevaux-vapeur, il viendra :

$$\frac{60^{k},50}{18^{c},80} = 3^{k},22.$$

Il faudrait donc brûler $3^{k},22$ de houille de bonne qualité, par heure et par force de cheval, pour la génération de la vapeur nécessaire à l'alimentation de la machine à vapeur dont nous nous entretenons.

§ LXX. Nous allons maintenant déterminer la force en chevaux-vapeur de cette même machine, exactement dans les mêmes circonstances, mais par l'une des formules en usage :

$$K\ n\ 2.222\ p\ v \left(1 + \log.\ hyp.\ \frac{p}{p_{,}} - \frac{p'}{p_{,}}\right).$$

Le coefficient K est ici de 0.40 ; d'autre part, la tension p' de la vapeur dans le condenseur est de $0^k,10$, et la pression intérieure de la vapeur dans la chaudière est de $4^k,1332$; enfin, la pression de la vapeur, à la fin de la course du piston, est de $1^k,033$. De sorte que nous aurons :

$$48 \times 0.40 \times 2.222 \times 4^k,1332 \times 0^{m3},0557315 \; (1 + \text{log. hyp. } 4 - 0^k,097) = 23.20.$$

La force que peut transmettre cette machine à vapeur serait donc, selon cette formule, de 23 chevaux-vapeur, c'est-à-dire à très-peu près double de celle transmise par la même machine alimentée avec de la vapeur à la même tension et fonctionnant avec le même degré de détente, mais sans condensation.

§ LXXI. Le tableau suivant donne le résultat motivé du travail absolu de la vapeur évalué par notre nouvelle méthode de calcul.

DÉSIGNATION DES RELATIONS	Nouvelle méthode de calcul.
	km
Force que peut transmettre la machine . . .	1410.051
Résistances engendrées par le frottement. . .	2682.450
Contrepression de la vapeur sur le piston . . .	224.206
Espaces nuisibles, fuites et condensation . .	960.232
Force absolue du moteur	5276.939

Les pertes attribuées aux espaces nuisibles, aux fuites de vapeur et à la condensation dans le cylindre, ont ici même valeur que dans la machine à vapeur à détente, sans condensation. Evidemment il en doit être ainsi, attendu que ces deux machines sont alimentées avec de la vapeur à la même tension et qu'elles fonctionnent avec le même degré de détente.

D'un autre côté, les résistances engendrées par le frottement sont, pour la machine à vapeur à détente et à condensation, plus élevées que pour la machine à vapeur à détente, sans condensation. Nous en trouverons naturellement le motif : 1° dans le travail opéré par la condensation de la vapeur qui augmente la pression sur le piston, et, par suite, sur toutes les pièces mobiles du système ; 2° dans le travail absorbé par le condenseur, travail qui nécessairement vient s'ajouter ici aux résistances passives, et qui n'existe pas dans la machine à vapeur à détente, sans condensation.

§ LXXII. Il nous reste maintenant à dresser un tableau comparatif de notre nouvelle méthode de calcul à celles usitées jusqu'à ce jour.

Nous dirons tout d'abord qu'il est indispensable pour cela de faire disparaître l'anomalie qui existe dans le travail réel obtenu par l'ancienne méthode de calcul. Aussi supposerons-nous que le travail réel obtenu est le même par les deux méthodes de calcul. Cela bien compris, nous dresserons la table des résultats obtenus, résultats qui comprendront : 1° la force dont la machine est capable ; 2° les résistances engendrées par les frottements ; 3° la contrepression de la vapeur sur le piston ; 4° les espaces nuisibles, les fuites de vapeur et la condensation qui a lieu dans le cylindre ; 5° la pression atmosphérique supposée ; et 6° enfin, la force absolue du moteur.

DÉSIGNATION du MODE D'ACTION de la VAPEUR	NOUVELLE MÉTHODE DE CALCUL					
	Force réelle transmise.	résistances engendrées par le FROTTEMENT	Contrepression de la VAPEUR sur LE PISTON	Espaces nuisibles FUITES et condensation.	PRESSION atmosphérique supposée.	FORCE absolue du MOTEUR
	km	km	km	km	km	km
Machine à haute pression, sans détente ni condensation . ..	1820.327	3464.455	1986.529	714.031	0.0	7985.342
Machine à détente, mais sans condensation	1030.456	2550.520	735.734	960.231	0.0	5276.941
Machine à basse pression . .	882.413	1185.494	291.185	235.391	0.0	2594.483
Machine à détente et à condensation	1410.051	2682.450	224.206	960.232	0.0	5276.939
	ANCIENNE MÉTHODE DE CALCUL					
	km	km	km	km	km	km
Machine à haute pression, sans détente ni condensation . . .	1820.327	1621.503	1986.529	714.031	1842.952	7985.342
Machine à détente, mais sans condensation	1030.456	707.568	735.734	960.231	1842.952	5276.941
Machine à basse pression . .	882.413	1185.494	291.185	235.391	0.0	2594.483
Machine à détente et à condensation	1410.051	2682.450	224.206	960.232	0.0	5276.939

Il est facile d'apercevoir, d'un seul coup d'œil, la différence qui distingue ces deux méthodes de calcul. Dans la deuxième colonne du tableau (nouvelle méthode de calcul), on peut suivre la marche progressive et raisonnée des résistances engendrées par les frottements, résistances qui sont à très-peu près proportionnelles à la force absolue du moteur ; ce qui est tout-à-fait rationnel, car les frottements sont d'autant plus grands que la pression de la vapeur sur le piston est plus élevée, attendu que cette pression se communique à toutes les pièces mobiles du système.

La deuxième colonne du tableau (ancienne méthode de calcul) donne des résultats tout-à-fait discordants. Ainsi, par exemple, pour la machine à vapeur à détente, sans condensation, les résistances engendrées par les frottements ne sont que de 707 kilogrammètres, tandis que les mêmes résistances, pour la machine à basse pression, sont presque doubles, et celles de la machine à détente et à condensation sont presque quadruples. Ce seul résultat infirme complètement l'ancienne méthode de calcul ; aussi ne nous appesantirons-nous point davantage sur les défauts de l'ancienne théorie.

La machine à vapeur que nous avons prise pour exemple ne peut certes pas être proposée aujourd'hui pour modèle ; mais nous l'avons choisie précisément parce qu'elle permet de faire mieux apprécier l'importance des proportions à donner aux organes de la distribution et de l'échappement de la vapeur. Cette machine a été construite, en 1834, par la maison S. Périer, Edwards, Chaper et Cie, de Paris.

Il est positif qu'aujourd'hui les machines à vapeur des quatre systèmes décrits dépenseraient beaucoup moins de vapeur et de combustible pour la même force motrice développée, ou avec la même consommation de vapeur et de combustible, développeraient une force motrice bien supérieure. Nous savons tous que ce résultat prend sa source dans l'avance à l'introduction et à l'échappement de la vapeur, et principalement dans la distribution et l'échappement de la vapeur par orifices à grande section.

Nouvelle méthode de condensation économique de la vapeur.

§ LXXIII. Quel but se propose-t-on en faisant passer la vapeur d'un cylindre dans un condenseur ?

Evidemment, c'est afin d'opérer le vide dans le condenseur, et, par suite, dans le cylindre, de manière à diminuer la tension de la vapeur qui s'oppose au mouvement du piston. Cette opération a donc pour but, ainsi que nous l'avons démontré au § XXVIII, de diminuer la contrepression de la vapeur sur le piston.

Mais est-il nécessaire, pour opérer le vide, de faire passer au condenseur toute la vapeur contenue dans le cylindre ? Telle est la question que nous nous sommes posée. Or, il est bien évident qu'il n'est point indispensable et qu'il est même nuisible d'introduire dans le condenseur toute la vapeur contenue dans le cylindre ; car, plus cette quantité de vapeur est grande, plus la condensation est difficile et coûteuse, et moins le vide est parfait.

Nous avons donc pensé qu'il serait éminemment avantageux de ne faire passer au condenseur qu'une faible partie de la vapeur contenue dans le cylindre.

Pour obtenir ce résultat, il est indispensable de rejeter à l'air extérieur, un peu avant la fin de la course du piston, la plus grande partie de la vapeur contenue dans le cylindre, afin de n'introduire dans le condenseur qu'une très-faible partie de cette vapeur.

Si la vapeur est admise dans le cylindre pendant toute la course du piston, comme cela a lieu dans les machines à vapeur à basse pression, l'orifice d'admission de la vapeur dans le cylindre doit alors se fermer un peu avant la fin de la course du piston, et dès que l'obturation est complète, l'orifice d'échappement de la vapeur à l'air extérieur doit s'ouvrir aussi lestement que possible et se fermer au moment même où le piston arrive à la fin de sa course. Ce n'est que dans ce moment que le tiroir doit faire communiquer le cylindre avec le condenseur.

Il est facile de comprendre les effets qui résulteront de cette disposition : aussitôt que l'orifice d'admission de la vapeur dans le cylindre sera fermé et celui d'échappement ouvert, la vapeur se précipitera à l'air extérieur, et, à la fin de la course du piston, il restera bien dans le cylindre le même volume de vapeur, mais à une tension qui ne sera que la moitié, le tiers, le quart, le cinquième et même le dixième, si on le désire, de celle qu'avait cette vapeur avant l'échappement à l'air extérieur.

Or, si la tension de cette vapeur n'est que le cinquième d'une atmosphère, sa condensation s'opèrera nécessairement avec une quantité d'eau qui ne sera qu'une très-faible partie de celle qu'il eût fallu employer si on avait introduit dans le condenseur toute la vapeur contenue dans le cylindre avant l'échappement à l'air extérieur. En outre, la condensation sera beaucoup plus parfaite, ce qui aura pour effet de diminuer encore la contrepression sur le piston.

La quantité d'eau nécessaire à la condensation étant ainsi extrêmement minime, on économisera une grande partie du travail qu'il faut dépenser pour introduire dans le condenseur et en expulser la quantité d'eau considérable qui, actuellement, est consommée par les machines à vapeur à condensation.

De cet effet résultera donc aussi une économie de combustible, ou, avec la même quantité de combustible, une augmentation de travail disponible.

Pour les machines à vapeur à détente et à condensation, cette combinaison sera encore bien plus avantageuse.

Dans ces dernières machines, pourvues d'un nombre quelconque de cylindres, il serait très-facile aussi de diminuer la tension de la vapeur qui doit passer au condenseur, et cela sans communication avec l'air extérieur. Mais malheureusement ce n'est qu'en augmentant le volume de la vapeur que l'on obtient une diminution de tension, et cette diminution de tension est proportionnelle à l'augmentation de volume. Il est donc clair qu'on ne gagnerait rien à une semblable combinaison, et que notre méthode seule peut procurer une économie d'eau et de combustible.

Pour toutes les machines à vapeur déjà construites, cette application pourrait se faire sans rien changer au système établi. Il suffirait seulement de disposer à chaque extrémité du cylindre une soupape dite du cornouailles, soupape qui serait ouverte et fermée en temps utile, au moyen d'une camme fixée sur un arbre dont la rotation serait en rapport avec le nombre des courses simples du piston.

Ainsi, par exemple, lorsque le piston arriverait aux sept huitièmes de sa course, ou un peu plus tôt, ou un peu plus tard, à volonté, selon la tension qu'on désirerait, la soupape ferait communiquer le cylindre avec l'air extérieur, afin de laisser échapper la plus grande partie de la vapeur, et se fermerait précisément au moment où le piston arriverait à la fin de sa course. Dans cet instant, le tiroir mettrait le cylindre en communication avec le condenseur, et la vapeur qui s'y précipiterait étant à une très-faible tension, serait condensée d'une manière complète avec une très-faible quantité d'eau.

Pour des machines à construire, on pourrait très-facilement combiner un système de tiroir qui dispenserait de l'usage de ces soupapes ; mais cependant nous pensons que ce serait compliquer inutilement la construction du tiroir, attendu que la résistance au mouvement exercée par la vapeur sur ces soupapes est bien moins grande que celle exercée par la vapeur sur un tiroir. Evidemment nous laissons aux ingénieurs et aux constructeurs le soin de combiner cet agencement qui, naturellement, ne peut être le même pour tous les genres de machines à vapeur à condensation.

Il nous reste à dire que, si la machine est pourvue de deux ou d'un plus grand nombre de cylindres, l'échappement de la vapeur à l'air extérieur ne doit s'opérer que sur le cylindre qui précède immédiatement le condenseur.

Pour arriver au résultat que nous indiquons, c'est-à-dire à la condensation économique de la vapeur, il faut naturellement sacrifier le travail d'une très-faible partie de la course du piston. Mais si nous consultons la cinquième colonne du tableau du § LII, nous verrons que, vers la fin de la course du piston, le travail obtenu est si peu de chose, qu'il sera richement compensé par les résultats avantageux de notre nouvelle méthode de condensation.

La cinquième colonne de la table que nous venons de citer ne donne que le travail théorique de la machine à vapeur; mais nous joignons ici une colonne du travail réel en kilogrammètres de cette même machine, travail estimé séparément pour chaque dix degrés parcourus par la manivelle.

Nombre de degrés parcourus par la manivelle.	Travail réel que la machine peut transmettre à chaque position du piston, correspondant à celle de la manivelle.
	km
10°	10,08906
20	29,77417
30	48,15633
40	64,42559
50	77,93049
60	74,18096
70	59,94372
80	49,59988
90	39,92409
100	33,25241
110	27,38279
120	22,04234
130	18,15360
140	13,66128
150	10,38994
160	7,00342
170	4,37714
180	1,45137
Total.	591,53858

Cette colonne nous indique que, lorsqu'il ne reste plus à la manivelle que 40 à 50 degrés à parcourir avant que le piston arrive à la fin de sa course, le travail réel obtenu est si minime, qu'on ne doit pas hésiter à rejeter une partie de la vapeur à l'air extérieur pour profiter du bénéfice de la condensation économique de la vapeur.

Nous observerons que la vapeur, tout en s'échappant à l'air extérieur, n'en continuera pas moins à exercer sur le piston une pression directe, mais décroissant proportionnellement à la détente qu'elle subit dans le cylindre.

D'un autre côté, dans les machines à vapeur à deux cylindres, le passage de la vapeur à l'air extérieur diminuera beaucoup aussi la contrepression exercée par la vapeur sur le piston du petit cylindre.

Enfin, rien ne s'opposera plus, dans les machines à vapeur marines, à faire usage d'un condenseur à surfaces, qui procurera pour l'alimentation une eau distillée qui n'engendrera aucune incrustation dans les chaudières.

Dans cette nouvelle méthode de condensation, il y aura infailliblement bénéfice sous plus d'un rapport.

§ LXXIV. Nous donnons ici une table des logarithmes hyperboliques, calculée par M. de Prony, pour faciliter le calcul du travail développé par les machines à vapeur à détente.

FIN.

Table des Logarithmes hyperboliques, calculée de 100e *en* 100e *d'unité, depuis* 1,00 *jusqu'à* 10,00 ; *et d'unité en unité depuis* 10 *jusqu'à* 100.

(D'après M. de Prony, Annales des Mines, T. VIII, 1830).

Nomb.	Logarithmes	Nomb.	Logarithmes	Nomb.	Logarithmes	Nomb.	Logarithmes
1,00	0,0000000	1,38	0,3220834	1,76	0,5653138	2,14	0,7608058
1,01	0,0099503	1,39	0,3293037	1,77	0,5709795	2,15	0,7654678
1,02	0,0198026	1,40	0,3364722	1,78	0,5766133	2,16	0,7701082
1,03	0,0295588	1,41	0,3435897	1,79	0,5822156	2,17	0,7747171
1,04	0,0392207	1,42	0,3506568	1,80	0,5877866	2,18	0,7793248
1,05	0,0487902	1,43	0,3576744	1,81	0,5933268	2,19	0,7839015
1,06	0,0582689	1,44	0,3646431	1,82	0,5988365	2,20	0,7884573
1,07	0,0676586	1,45	0,3715635	1,83	0,6043159	2,21	0,7929925
1,08	0,0769610	1,46	0,3784364	1,84	0,6097655	2,22	0,7975071
1,09	0,0861777	1,47	0,3852624	1,85	0,6151856	2,23	0,8020015
1,10	0,0953102	1,48	0,3920420	1,86	0,6205764	2,24	0,8064758
1,11	0,1043600	1,49	0,3987761	1,87	0,6259384	2,25	0,8109302
1,12	0,1133287	1,50	0,4054651	1,88	0,6312717	2,26	0,8153648
1,13	0,1222176	1,51	0,4121096	1,89	0,6365768	2,27	0,8197798
1,14	0,1310283	1,52	0,4187103	1,90	0,6418538	2,28	0,8241754
1,15	0,1397619	1,53	0,4252677	1,91	0,6471032	2,29	0,8285518
1,16	0,1484200	1,54	0,4317824	1,92	0,6523251	2,30	0,8329091
1,17	0,1570037	1,55	0,4382549	1,93	0,6575200	2,31	0,8372475
1,18	0,1655144	1,56	0,4446858	1,94	0,6626879	2,32	0,8415671
1,19	0,1739533	1,57	0,4510756	1,95	0,6678293	2,33	0,8458682
1,20	0,1823215	1,58	0,4574248	1,96	0,6729444	2,34	0,8501509
1,21	0,1906203	1,59	0,4637340	1,97	0,6780335	2,35	0,8544153
1,22	0,1988508	1,60	0,4700036	1,98	0,6830968	2,36	0,8586616
1,23	0,2070141	1,61	0,4762341	1,99	0,6881346	2,37	0,8628899
1,24	0,2151113	1,62	0,4824261	2,00	0,6931472	2,38	0,8671004
1,25	0,2231435	1,63	0,4885800	2,01	0,6981347	2,39	0,8712933
1,26	0,2311117	1,64	0,4946962	2,02	0,7030974	2,40	0,8754687
1,27	0,2390169	1,65	0,5007752	2,03	0,7080357	2,41	0,8796267
1,28	0,2468600	1,66	0,5068175	2,04	0,7129497	2,42	0,8837675
1,29	0,2546422	1,67	0,5128236	2,05	0,7178397	2,43	0,8878912
1,30	0,2623642	1,68	0,5187937	2,06	0,7227059	2,44	0,8919980
1,31	0,2700271	1,69	0,5247285	2,07	0,7275485	2,45	0,8960880
1,32	0,2776317	1,70	0,5306282	2,08	0,7323678	2,46	0,9001613
1,33	0,2851789	1,71	0,5364933	2,09	0,7371640	2,47	0,9042181
1,34	0,2926696	1,72	0,5423242	2,10	0,7419373	2,48	0,9082585
1,35	0,3001045	1,73	0,5481214	2,11	0,7466879	2,49	0,9122826
1,36	0,3074846	1,74	0,5538851	2,12	0,7514160	2,50	0,9162907
1,37	0,3148107	1,75	0,5596157	2,13	0,7561219	2,51	0,9202827

LOGARITHMES HYPERBOLIQUES.

Nomb.	Logarithmes	Nomb.	Logarithmes	Nomb.	Logarithmes	Nomb.	Logarithmes
2,52	0,9242589	2,94	1,0784095	3,36	1,2119409	3,78	1,3297240
2,53	0,9282193	2,95	1,0818051	3,37	1,2149127	3,79	1,3323660
2,54	0,9321640	2,96	1,0851892	3,38	1,2178757	3,80	1,3350010
2,55	0,9360933	2,97	1,0885619	3,39	1,2208299	3,81	1,3376291
2,56	0,9400072	2,98	1,0919233	3,40	1,2237754	3,82	1,3402504
2,57	0,9439058	2,99	1,0952733	3,41	1,2267122	3,83	1,3428648
2,58	0,9477893	3,00	1,0986123	3,42	1,2296405	3,84	1,3454723
2,59	0,9516578	3,01	1,1019400	3,43	1,2325605	3,85	1,3480731
2,60	0,9555114	3,02	1,1052568	3,44	1,2354714	3,86	1,3506671
2,61	0,9593502	3,03	1,1085626	3,45	1,2383742	3,87	1,3532544
2,62	0,9631743	3,04	1,1118575	3,46	1,2412685	3,88	1,3558351
2,63	0,9669838	3,05	1,1151415	3,47	1,2441545	3,89	1,3584091
2,64	0,9707789	3,06	1,1184149	3,48	1,2470322	3,90	1,3609765
2,65	0,9745596	3,07	1,1216775	3,49	1,2499017	3,91	1,3635373
2,66	0,9783261	3,08	1,1249295	3,50	1,2527629	3,92	1,3660916
2,67	0,9820784	3,09	1,1281710	3,51	1,2556160	3,93	1,3686394
2,68	0,9858167	3,10	1,1314021	3,52	1,2584609	3,94	1,3711807
2,69	0,9895411	3,11	1,1346227	3,53	1,2612978	3,95	1,3737156
2,70	0,9932517	3,12	1,1378330	3,54	1,2641266	3,96	1,3762440
2,71	0,9969486	3,13	1,1410330	3,55	1,2669475	3,97	1,3787661
2,72	1,0006318	3,14	1,1442227	3,56	1,2697605	3,98	1,3812818
2,73	1,0043015	3,15	1,1474024	3,57	1,2725655	3,99	1,3837912
2,74	1,0079579	3,16	1,1505720	3,58	1,2753627	4,00	1,3862943
2,75	1,0116008	3,17	1,1537315	3,59	1,2781521	4,01	1,3887912
2,76	1,0152306	3,18	1,1568811	3,60	1,2809338	4,02	1,3912818
2,77	1,0188473	3,19	1,1600209	3,61	1,2837077	4,03	1,3937663
2,78	1,0224509	3,20	1,1631508	3,62	1,2864740	4,04	1,3962446
2,79	1,0260415	3,21	1,1662709	3,63	1,2892326	4,05	1,3987168
2,80	1,0296194	3,22	1,1693813	3,64	1,2919836	4,06	1,4011829
2,81	1,0331844	3,23	1,1724821	3,65	1,2947271	4,07	1,4036429
2,82	1,0367368	3,24	1,1755733	3,66	1,2974631	4,08	1,4060969
2,83	1,0402766	3,25	1,1786549	3,67	1,3001916	4,09	1,4085449
2,84	1,0438040	3,26	1,1817271	3,68	1,3029127	4,10	1,4109869
2,85	1,0473189	3,27	1,1847899	3,69	1,3056264	4,11	1,4134230
2,86	1,0508216	3,28	1,1878434	3,70	1,3083328	4,12	1,4158531
2,87	1,0543120	3,29	1,1908875	3,71	1,3110318	4,13	1,4182774
2,88	1,0577902	3,30	1,1939224	3,72	1,3137236	4,14	1,4206957
2,89	1,0612564	3,31	1,1969481	3,73	1,3164082	4,15	1,4231083
2,90	1,0647107	3,32	1,1999647	3,74	1,3190856	4,16	1,4255150
2,91	1,0681530	3,33	1,2029722	3,75	1,3217558	4,17	1,4279160
2,92	1,0715836	3,34	1,2059707	3,76	1,3244189	4,18	1,4303112
2,93	1,0750024	3,35	1,2089603	3,77	1,3270749	4,19	1,4327007

LOGARITHMES HYPERBOLIQUES.

Nomb.	Logarithmes	Nomb.	Logarithmes	Nomb.	Logarithmes	Nomb.	Logarithmes
4,20	1,4350845	4,62	1,5303947	5,04	1,6174060	5,46	1,6974487
4,21	1,4374626	4,63	1,5325568	5,05	1,6193882	5,47	1,6992786
4,22	1,4398351	4,64	1,5347143	5,06	1,6213664	5,48	1,7011051
4,23	1,4422020	4,65	1,5368672	5,07	1,6233408	5.49	1,7029282
4,24	1,4445632	4,66	1,5390154	5,08	1,6253112	5,50	1,7047481
4,25	1,4469189	4,67	1,5411590	5,09	1,6272778	5,51	1,7065646
4,26	1,4492691	4,68	1,5432981	5,10	1,6292405	5,52	1,7083778
4,27	1,4516138	4,69	1,5454325	5,11	1,6311994	5,53	1,7101878
4,28	1,4539530	4,70	1,5475625	5,12	1 6331544	5,54	1,7119944
4,29	1,4562867	4,71	1,5496879	5,13	1,6351056	5,55	1,7137979
4,30	1,4586149	4,72	1,5518087	5,14	1,6370530	5,56	1,7155981
4,31	1,4609379	4,73	1,5539252	5,15	1,6389967	5,57	1,7173950
4,32	1,4632553	4.74	1,5560371	5,16	1,6409365	5,58	1,7191887
4,33	1,4655675	4,75	1,5581446	5,17	1,6428726	5,59	1,7209792
4.34	1,4678743	4,76	1,5602476	5,18	1,6448050	5,60	1,7227666
4,35	1,4701758	4,77	1,5623462	5,19	1,6467336	5,61	1,7245507
4,36	1,4724720	4,78	1,5644405	5,20	1,6486586	5,62	1,7263316
4,37	1,4747630	4,79	1,5665304	5,21	1,6505798	5,63	1,7281094
4.38	1,4770487	4,80	1,5686159	5,22	1,6524974	5,64	1,7298840
4,39	1,4793292	4,81	1,5706971	5,23	1,6544112	5,65	1,7316555
4,40	1,4816045	4,82	1,5727739	5,24	1,6563214	5,66	1,7334238
4,41	1,4838746	4,83	1,5748464	5,25	1,6582280	5,67	1,7351891
4,42	1,4861396	4,84	1,5769147	5,26	1,6601310	5,68	1,7369512
4,43	1,4883995	4,85	1,5789787	5,27	1,6620303	5,69	1,7387100
4,44	1,4906543	4,86	1,5810384	5,28	1,6639260	5,70	1,7404661
4,45	1,4929040	4,87	1,5830939	5,29	1,6658182	5,71	1,7422189
4,46	1,4951487	4,88	1,5851452	5,30	1,6677068	5,72	1,7439687
4,47	1.4973883	4,89	1,5871923	5,31	1,6695918	5,73	1,7457155
4,48	1,4996230	4,90	1,5892352	5,32	1,6714733	5.74	1,7474591
4,49	1.5018527	4,91	1,5912739	5,33	1,6733512	5.75	1,7491998
4,50	1,5040774	4,92	1,5933085	5,34	1,6752256	5.76	1,7509374
4,51	1,5062971	4,93	1,5953389	5,35	1,6770965	5,77	1,7526720
4,52	1,5085119	4,94	1,5973653	5,36	1,6789639	5,78	1,7544036
4,53	1,5107219	4,95	1,5993875	5,37	1,6808278	5,79	1,7561323
4,54	1,5129269	4,96	1,6014057	5,38	1,6826882	5,80	1,7578579
4,55	1,5151272	4,97	1,6034198	5,39	1,6845453	5,81	1,7595805
4,56	1,5173226	4,98	1,6054298	5,40	1,6863989	5,82	1,7613002
4,57	1,5195132	4,99	1,6074358	5,41	1,6882491	5,83	1,7630170
4,58	1,5216990	5,00	1,6094379	5,42	1,6900958	5,84	1,7647308
4,59	1,5238800	5,01	1,5114359	5,43	1,6919391	5,85	1,7664416
4.60	1,5260563	5,02	1,6134300	5,44	1,6937790	5,86	1,7681496
4.61	1,5282278	5,03	1,6154200	5,45	1,6956155	5,87	1,7698546

LOGARITHMES HYPERBOLIQUES.

Nomb.	Logarithmes	Nomb.	Logarithmes	Nomb.	Logarithmes	Nomb.	Logarithmes
5,88	1,7715567	6,30	1,8405496	6,72	1,9050881	7,14	1,9657127
5,89	1,7732559	6,31	1,8421356	6,73	1,9065751	7,15	1,9671123
5,90	1,7749523	6,32	1,8437191	6,74	1,9080600	7,16	1,9685099
5,91	1,7766458	6,33	1,8453002	6,75	1,9095425	7,17	1,9699056
5,92	1,7783364	6,34	1,8468787	6,76	1,9110228	7,18	1,9712993
5,93	1,7800242	6,35	1,8484547	6,77	1,9125011	7,19	1,9726911
5,94	1,7817091	6,36	1,8500283	6,78	1,9139771	7,20	1,9740810
5,95	1,7833912	6,37	1,8515994	6,79	1,9154509	7,21	1,9754689
5,96	1,7850704	6,38	1,8531680	6,80	1,9169226	7,22	1,9768549
5,97	1,7867469	6,39	1,8547342	6,81	1,9183921	7,23	1,9782390
5,98	1,7884205	6,40	1,8562979	6,82	1,9198594	7,24	1,9796212
5,99	1,7900914	6,41	1,8578592	6,83	1,9213247	7,25	1,9810014
6,00	1,7917594	6,42	1,8594181	6,84	1,9227877	7,26	1,9823798
6,01	1,7934247	6,43	1,8609745	6,85	1,9242486	7,27	1,9837562
6,02	1,7950872	6,44	1,8625285	6,86	1,9257074	7,28	1,9851308
6,03	1,7967470	6,45	1,8640801	6,87	1,9271641	7,29	1,9865035
6,04	1,7984040	6,46	1,8656293	6,88	1,9286186	7,30	1,9878743
6,05	1,8000582	6,47	1,8671761	6,89	1,9300710	7,31	1,9892432
6,06	1,8017098	6,48	1,8687205	6,90	1,9315214	7,32	1,9906103
6,07	1,8033586	6,49	1,8702625	6,91	1,9329696	7,33	1,9919754
6,08	1,8050047	6,50	1,8718021	6,92	1,9344157	7,34	1,9933387
6,09	1,8066481	6,51	1,8733394	6,93	1,9358598	7,35	1,9947002
6,10	1,8082887	6,52	1,8748743	6,94	1,9373017	7,36	1,9960599
6,11	1,8099267	6,53	1,8764069	6,95	1,9387416	7,37	1,9974177
6,12	1,8115621	6,54	1,8779371	6,96	1,9401794	7,38	1,9987736
6,13	1,8131947	6,55	1,8794650	6,97	1,9416152	7,39	2,0001278
6,14	1,8148247	6,56	1,8809906	6,98	1,9430489	7,40	2,0014800
6,15	1,8164520	6,57	1,8825138	6,99	1,9444805	7,41	2,0028305
6,16	1,8180767	6,58	1,8840347	7,00	1,9459101	7,42	2,0041790
6,17	1,8196988	6,59	1,8855533	7,01	1,9473376	7,43	2,0055258
6,18	1,8213182	6,60	1,8870696	7,02	1,9487632	7,44	2,0068708
6,19	1,8229351	6,61	1,8885837	7,03	1,9501866	7,45	2,0082140
6,20	1,8245493	6,62	1,8900954	7,04	1,9516080	7,46	2,0095553
6,21	1,8261608	6,63	1,8916048	7,05	1,9530275	7,47	2,0108949
6,22	1,8277699	6,64	1,8931119	7,06	1,9544449	7,48	2,0122327
6,23	1,8293763	6,65	1,8946168	7,07	1,9558604	7,49	2,0135687
6,24	1,8309801	6,66	1,8961194	7,08	1,9572739	7,50	2,0149030
6,25	1,8325814	6,67	1,8976198	7,09	1,9586853	7,51	2,0162354
6,26	1,8341801	6,68	1,8991179	7,10	1,9600947	7,52	2,0175661
6,27	1,8357763	6,69	1,9006138	7,11	1,9615022	7,53	2,0188950
6,28	1,8373699	6,70	1,9021075	7,12	1,9629077	7,54	2,0202221
6,29	1,8389610	6,71	1,9035989	7,13	1,9643112	7,55	2,0215475

LOGARITHMES HYPERBOLIQUES.

Nomb.	Logarithmes	Nomb.	Logarithmes	Nomb.	Logarithmes	Nomb.	Logarithmes
7,56	2,0228711	7,98	2,0769384	8,40	2,1282317	8,82	2,1770218
7,57	2,0241929	7,99	2,0781907	8,41	2,1294214	8,83	2,1781550
7,58	2,0255131	8,00	2,0794415	8,42	2,1306098	8,84	2,1792868
7,59	2,0238315	8,01	2,0806907	8,43	2,1317967	8,85	2,1804174
7,60	2,0281482	8,02	2,0819384	8,44	2,1329822	8,86	2,1815467
7,61	2,0294631	8,03	2,0831845	8,45	2,1341664	8,87	2,1826747
7,62	2,0307763	8,04	2,0844290	8,46	2,1353491	8,88	2,1838015
7,63	2,0320878	8,05	2,0856720	8,47	2,1365304	8,89	2,1849270
7,64	2,0333976	8,06	2,0869135	8,48	2,1377104	8,90	2,1860512
7,65	2,0347056	8,07	2,0881534	8,49	2,1388889	8,91	2,1871742
7,66	2,0360119	8,08	2,0893918	8,50	2,1400661	8,92	2,1882959
7,67	2,0373166	8,09	2,0906287	8,51	2,1412419	8,93	2,1894163
7,68	2,0386195	8,10	2,0918640	8,52	2,1424163	8,94	2,1905355
7,69	2,0399207	8,11	2,0930984	8,53	2,1435893	8,95	2,1916535
7,70	2,0412203	8,12	2,0943306	8,54	2,1447609	8,96	2,1927702
7,71	2,0425181	8,13	2,0955613	8,55	2,1459312	8,97	2,1938856
7,72	2,0438143	8,14	2,0967905	8,56	2,1471001	8,98	2,1949998
7,73	2,0451088	8,15	2,0980182	8,57	2,1482676	8,99	2,1961128
7,74	2,0464016	8,16	2,0992444	8,58	2,1494339	9,00	2,1972245
7,75	2,0476928	8,17	2,1004691	8,59	2,1505987	9,01	2,1983350
7,76	2,0489823	8,18	2,1016923	8,60	2,1517622	9,02	2,1994443
7,77	2,0502701	8,19	2,1029140	8,61	2,1529243	9,03	2,2005523
7,78	2,0515563	8,20	2,1041341	8,62	2,1540851	9,04	2,2016591
7,79	2,0528408	8,21	2,1053529	8,63	2,1552445	9,05	2,2027647
7,80	2,0541237	8,22	2,1065702	8,64	2,1564026	9,06	2,2038691
7,81	2,0554049	8,23	2,1077861	8,65	2,1575593	9,07	2,2049722
7,82	2,0566845	8,24	2,1089998	8,66	2,1587147	9,08	2,2060741
7,83	2,0579624	8,25	2,1102128	8,67	2,1598687	9,09	2,2071748
7,84	2,0592388	8,26	2,1114243	8,68	2,1610215	9,10	2,2082744
7,85	2,0605135	8,27	2,1126343	8,69	2,1621729	9,11	2,2093727
7,86	2,0617866	8,28	2,1138428	8,70	2,1633230	9,12	2,2104697
7,87	2,0630580	8,29	2,1150499	8,71	2,1644718	9,13	2,2115656
7,88	2,0643278	8,30	2,1162555	8,72	2,1656192	9,14	2,2126603
7,89	2,0655961	8,31	2,1174596	8,73	2,1667653	9,15	2,2137538
7,90	2,0668627	8,32	2,1186622	8,74	2,1679101	9,16	2,2148461
7,91	2,0681277	8,33	2,1198634	8,75	2,1690536	9,17	2,2159372
7,92	2,0693911	8,34	2,1210632	8,76	2,1701959	9,18	2,2170272
7,93	2,0706530	8,35	2,1222615	8,77	2,1713367	9,19	2,2181160
7,94	2,0719132	8,36	2,1234584	8,78	2,1724763	9,20	2,2192034
7,95	2,0731719	8,37	2,1246539	8,79	2,1736146	9,21	2,2202898
7,96	2,0744290	8,38	2,1258479	8,80	2,1747517	9,22	2,2213750
7,97	2,0756845	8,39	2,1270405	8,81	2,1758874	9,23	2,2224590

LOGARITHMES HYPERBOLIQUES.

Nomb.	Logarithmes	Nomb.	Logarithmes	Nomb.	Logarithmes	Nomb.	Logarithmes
9,24	2,2235418	9,66	2,2680610	18	2,8903718	60	4,0943446
9,25	2,2246235	9,67	2,2689820	19	2,9444390	61	4,1108738
9,26	2,2257040	9,68	2,2700618	20	2,9957323	62	4,1271344
9,27	2,2267833	9,69	2,2710944	21	3,0445224	63	4,1431347
9,28	2,2278615	9,70	2,2721258	22	3,0910425	64	4,1588331
9,29	2,2289385	9,71	2,2731562	23	3,1354942	65	4,1743873
9,30	2,2300144	9,72	2,2741856	24	3,1780538	66	4,1896547
9,31	2,2310890	9,73	2,2752138	25	3,2188758	67	4,2046926
9,32	2,2321626	9,74	2,2762411	26	3,2580965	68	4,2195077
9,33	2,2332350	9,75	2,2772673	27	3,2958369	69	4,2341065
9,34	2,2343062	9,76	2,2782924	28	3,3322045	70	4,2484952
9,35	2,2353763	9.77	2,2793165	29	3,3672958	71	4,2626799
9,36	2,2364452	9,78	2,2803395	30	3,4011974	72	4,2766661
9,37	2,2375130	9,79	2,2813614	31	3,4339872	73	4,2904594
9,38	2,2385797	9,80	2,2823823	32	3,4657359	74	4,3040651
9,39	2,2396452	9,81	2,2834022	33	3,4965076	75	4,3174881
9,40	2,2407096	9,82	2,2844211	34	3,5263605	76	4,3307333
9,41	2,2417729	9,83	2,2854389	35	3,5553481	77	4,3438054
9,42	2,2428350	9,84	2,2864556	36	3,5835189	78	4,3567088
9,43	2,2438960	9,85	2,2874714	37	3,6109179	79	4,3694478
9,44	2,2449559	9,86	2,2884861	38	3,6375862	80	4,3820266
9,45	2,2460147	9,87	2,2894998	29	3,6635616	81	4,3944491
9,46	2,2470723	9,88	2,2905124	40	3,6888794	82	4,4067191
9,47	2,2481288	9,89	2,2915241	41	3,7135720	83	4,4188406
9,48	2,2491843	9,90	2,2925347	42	3,7376696	84	4,4308168
9,49	2,2502386	9,91	2,2935443	43	3,7612000	85	4,4426512
9,50	2,2512917	9,92	2,2945529	44	3,7841896	86	4,4543473
9,51	2,2523438	9,93	2,2955604	45	3,8066625	87	4,4659081
9,52	2,2533948	9,94	2,2965670	46	3,8286414	88	4,4773368
9,53	2,2544446	9,95	2,2975725	47	3,8501475	89	4,4886364
9,54	2,2554934	9,96	2,2985770	48	3,8712010	90	4,4998097
9,55	2,2565411	9,97	2,2995806	49	3,8918203	91	4,5108595
9,56	2,2575877	9,98	2,3005831	50	3,9120230	92	4,5217886
9,57	2,2586332	9,99	2,3015846	51	3,9318256	93	4,5325995
9,58	2,2596776	10	2,3025851	52	3,9512437	94	4,5432946
9,59	2,2607209	11	2,3978953	53	3,9702919	95	4,5538769
9,60	2,2617631	12	2,4849066	54	3,9889840	96	4,5643482
9,61	2,2628042	13	2,5649493	55	4,0073332	97	4,5747110
9,62	2,2638442	14	2,6390573	56	4,0253517	98	4,5849675
9,63	2,2648832	15	2,7080502	57	4,0430513	99	4,5951199
9,64	2,2659211	16	2,7725887	58	4,0604430	100	4,6051702
9,65	2,2669579	17	2,8332133	59	4,0775373		

ERRATAS

Page 11, ligne 18 ; au lieu de :

$$\text{et} = V \frac{\psi}{d} = \frac{\left(\frac{1}{d}\right)}{\left(\frac{1 + 0.00375\ T}{p'}\right)}, \text{ lisez :}$$

$$\text{et } V = \frac{\psi}{d} = \frac{\left(\frac{1}{d}\right)}{\left(\frac{1 + 0.00375\ T''}{p'}\right)}.$$

Page 25, lignes 1 et 2 ; après : *La vapeur s'échappant à l'air libre ne peut être assimilée aux fluides*, ajoutez : *De densité différente.*

Page 36, ligne 23, § XXIV ; au lieu de : *La résistance opposée*, lisez : *La détermination de la résistance opposée.*

Page 66, ligne 4 ; au lieu de : *Dans cette circonstance, la vapeur de*, lisez : *Dans cette circonstance, la valeur de.*

Page 104, quatrième ligne des chiffres, deuxième colonne ; au lieu de : 2,0238315, lisez : 2,0268315.

TABLE DES MATIÈRES.

FIN DE LA TABLE.